講談社文庫

# スクロール

橋爪駿輝

講談社

目次

童貞王子 7
麗しい美しい 37
（パルプ・フィクション） 67
まっすぐ立てない 115
スクロール 133
解説 清水康彦 178

# スクロール

# 童貞王子

コンビニに行こうと外に出て、目が合った。その目の持ち主は隣室のベランダの縁にまたがって、固まっていた。僕だって固まっていた。夜空に風が鳴って、女のスカートがひらりと舞った。下着が見えそうになり反射的に僕は目を逸《そ》らす。その瞬間、女はベランダから飛び降りた。飛び降りたって言ってもアパートの一階にあるベランダだから、そんなに高さはない。

「お兄さんさ、ここの一階に住んでんの？」

女はセーラー服を着ていた。女子高生だろうか。コスプレ、ではない感じだった。右手に何かを握っている。パンツだ。男物の、ボクサーパンツ。

「そ、そうですけど」

そう答えながら、女が握りしめているパンツが気になってしょうがない。何で、女子高生がボクサーパンツ？　もはや犯罪の匂いしかしなかった。けれどその匂いを覆い隠すのには充分過ぎるくらい、月光に照らされた女の顔は可愛かった。好きなアイドルグループのパルルという女の子に似ている。ちなみに、僕はパルルのファンクラブに入っている。

「となりに住んでるひと、知ってる？」

「知らない、見たこともない」

大学なんてほとんど行かず、昼夜逆転した生活の中にいる僕はとなりはおろか、この小さな二階建てのアパートの住人と、一度も顔を合わせたことがなかった。というか、思いっきり避けていた。例えば、玄関のドアを開けようとしたときに外でひとの気配がしたら、足音が遠く聞こえなくなるまでじっとする。そして誰もいなくなったことをドアスコープから確認してはじめてドアノブを捻るくらいに、アパートの住人との関わりが億劫《おっくう》だった。

女は「ふーん」と言って、右手のパンツをくるくる回す。僕は僕で所在なく、コンビニでポテチを買おうと握りしめていた小銭を指でいじっている。

「ねえ。お兄さんち、入れてよ」

「え」

「だーかーら、お兄さんちにお邪魔させてって言ってんの」

女は相変わらずパンツをくるくる回しながら、面倒臭そうに言った。いや、意味は分かってる。その「え」じゃなくて、お前何言い出してんの、の「え」だから。とは言い返せず歳下（たぶん）相手に、

「ごめん」

と、つい俯《うつむ》いて謝ってしまう自分が情けない。

「で、入れてくれんの？　ダメなの？」

そんな僕にはおかまいなく、女はさらにまくし立ててくる。何だか嫌な予感がしながらも、つい僕は、

「いいよ」

と答えてしまった。

一つ屋根の下、若い男女が一緒にいれば何かが起こるかも知れない。大学生と女子高生がそういうことになったとしても、似たようなラブストーリーの漫画をいつか読んだことある気もするし、けっこう夢のシチュエーションだったりして。今日この出会いが僕の甘くとろけそうな学生生活のはじまりの合図。あ、でもコンドームがない。そもそもコンドームってどうやってつけるんだろう。まぁいっか。さすがに出会った初日にあんなことやこんなことないでしょ。なんていう考えが物凄《ものすご》い速さで頭を

駆け巡った。

何しろ、僕は童貞なのだ。

電気をつけると女は、

「うわぁ。きったないね」

と早速不平を漏らした。こっちだって、まさか異性を家に招き入れることになるなんて思ってなかったんだから、そんな文句を言われる筋合いはないし、自分としてはこれで快適に生活している。

「なんか汁固まってんだけど、ウケるー！」

机の上に置きっ放しにしていたカップラーメンを覗《のぞ》き込んで、女はおおげさに鼻をつまんだ。

「別に臭くはないだろ。いいよ、捨てるよ」

僕は女からカップラーメンを取り上げて、ゴミ箱にそのまま放り投げる。どすん、と重みのある音がした。

「ゴキとか出ないよね」

ゴキブリのことを言っているのだろう。

「出ないよ。それだけは気をつけてるもん」

もちろん嘘だった。僕はながいこと、ゴキブリとこの部屋で同棲している。

「どっちがとなりの部屋？」

「たぶん、そっちだけど」

そう言って、僕はベッドの寄せてある壁を指差した。女は床に散らばった本やら雑誌やらお菓子の袋やらを避けながら、ずんずん壁の方に進む。そのままベッドの上に膝立《ひざだ》ちになり、壁に耳を押し当てた。

僕に、背を向けた女。短めのスカートがいい具合にずり上がって、瑞々《みずみず》しい太ももが顕《あら》わになる。僕は音がしないよう、慎重に唾《つば》を飲み込んだ。

「あの、何してんの」

そう尋ねてみても、女は黙って壁の向こう側に集中したままだ。相変わらず、女の右手にはしっかりとさっきのパンツが握られている。ここは僕の家だ。ここは僕の家だ。ここは僕の家だ。心の中で三回呟《つぶや》いてみたけど、当然女に伝わるはずもない。声にする勇気はさらさらない。

女のひとを家に上げたことなんて一度もない僕は、こんなときどうしていればいいのか皆目見当がつかなかった。仕方がないから、女が上にのっているベッドにもたれかかって、読みかけの漫画を開いてみる。

枠の中で、同棲中のカップルがお互いの勝手な勘違いで喧嘩《けんか》をしている場面。そのカップルが、色々あって仲直りのキスをした頃に、

「もう寝ちゃったかな」

とため息をついて、やっと女が降りてきた。無遠慮にとなりに腰をおろすと、僕と同じようにベッドにもたれかかる。

「あ、その漫画、ウチも持ってるよ」

女は僕が読んでいたページを覗き込む。女の髪からなのか、体全体からなのか漂ってくる艶《なまめ》かしい匂いのせいで、せっかくのいい場面が全然頭に入ってこない。「こんなキスしてみたいよねー」と呑気《のんき》なことを言って、スカートから下着を隠すように、女は両手で膝を抱えた。今どきの女子高生はこんなに無防備なのか。それとも女とは全般的にこういう生き物なのか。この女は誰にでもこういう接し方をするのか、しないのか。しないとしたら、これは僕に対してどういう意思表示なのか。お、落ち着け。ダメです、集中出来ません！

仕方なく、僕は漫画を閉じて床に放った。

「そっからがいいとこなのにぃ」

女は心底残念そうに言う。うるさい、お前のせいだ。僕だって本当は続きを読みたいのだ。

「お兄さん、大学生？」

「そうだよ」

「へえ。どこ大？」

「W大」

「頭いいんだ」

「頭はそんなによくない。勉強はそこそこ出来たけど」

女は意味が分からなかったらしく「一緒じゃん」と言って退屈そうに髪をいじりはじめた。勉強がどんなにできても、結局童貞は童貞ですよ。一回も彼女できたことないし、頭がよかったらもっと要領よくやってますよ色々。とは言えず、

「不器用だから、そんなに頭はよくないってこと」

と補足した。けど、女は「へー」と気のないあいづちを打っただけだった。僕に対する興味がまるで感じられない。

「あなたは、女子高生だよね」

「あなたってひとのこと呼ぶひと、初めて会ったわ」

女はそう言ってきゃっきゃと笑った。じゃあ何て呼べばよかったんだよ。お前、は馴れ馴れしいし、きみ、は気取ってる感じするし。

「ウチ、ハル。ハルって呼んでいいよ。高三、十七歳の早生まれ」

そう言って、自分のおでこにピースを当てた。若いでしょ、というアピールなのだろう。でも、そんなことしたって無駄だ。いや、女、ハルは、二十歳を超えた僕なんかより、よっぽど大人なのである。

その証拠にハルは突然、ピースを解いた手を僕の膝の上に置いて囁いた。

「お兄さん、ウチとやりたい？」

こ、こ、こいつ、一体何を言ってんだ。やりたいも何も、まださっき会ったばっかだし、お互いのこと何も知らないし。いや、名前は分かったけど、女子高生相手に未経験ってのは何とも恥ずかしいし、こんなこと言うからにはハルはとっくに経験済みなんだろうし。超高速自問自答の末、僕の脳みそはオーバーヒートを引き起こす。そして、思考回路が断線した僕の口から出た言葉は、

「別に、高校生とやるほど女に困ってないよ」

だった。

もちろん、完全に虚勢である。真っ赤な嘘である。本当はやりたい、いますぐにやりたい。具体的なやり方は知らない。

「そうだよねえ。お兄さん、ブサイクじゃないもんね」

褒《ほ》められたのか、慰《なぐさ》められたのか。ハルはそう言うと、すっと立ち上がった。いつの間にかベッドの上に綺麗に畳まれていたパンツをひょいっと摑《つか》んで、

「よかった。お兄さんがお兄さんで」

と玄関に向かっていく。

「帰るの？」

呆気《あっけ》にとられたのと、もうひとつの理由で僕は立ち上がることができず、やっとそれだけ言った。

「うん、帰るよ。もうすぐ終電だもん」

ハルはローファーをつっかけて、

「ばいばい」

と言った。あわてて僕も、

「ばいばい」

と言った。けど、その言葉がハルに届く前に、ガシャンとドアの閉まる音がした。

インターホンが鳴って、目を覚ました。

寸足らずのカーテンから西日が漏れている。まだ夕方じゃないか。セールスか、NHKの受信料徴収か。足音を立てないように警戒しながらドアスコープを覗くと、ハルが立っていた。ノミの心臓がドクンと一度震える。

鍵を開けた瞬間、勝手にドアノブが回ってハルが入ってきた。

「やっほ」

ハルはそう言ってローファーを雑に脱ぎ捨てた。今日はパンツの代わりに通学用のカバンを持っている。狭い玄関でふわりと僕の横をすり抜けると、またベッドに膝を立てて壁に耳を当てた。

「まだ帰ってきてないか」

そうひとりごちると、ハルはベッドの隅《すみ》に落ちていたティッシュの丸まったやつを無造作に拾って、ポイッとゴミ箱に投げた。

「あ、いや、それは、花粉症だから鼻水が出て」

そう必死に言い訳する僕を無視して、ハルは、と言った。十二時間ほどたっぷり睡眠をとった後だったから、ちょうど僕も腹が減っていた。けど女の子とふたりでご飯なんて行ったことがない。男とだって数えるくらいしかない。

「お腹減った」

「ど、どっか食べに行く？　ファミレスとか」

「それはだめだよ。外行ってるうちに帰ってきちゃうかも知れないじゃん」

「帰ってくるって、大体、となりに誰が住んでんの」

「元彼だよ」

「モト、カレ」

そう、うわ言のように繰り返して、自分の中で何かがすっと落ちた気がした。心のどこかで淡い期待をしていたことに、そのとき気づいた。元彼が帰ってくんのをとなりの部屋で待ってるってお前ストーカーかよ、という言葉は飲み込んだ。けど、ハルがやってることは間違いなくストーカーだ。女子高生のくせして。

「ねえ、お兄さん何か買ってきてよ」

「何で僕が」

「だって、ウチはここ動けないでしょ」

ハルは長い睫毛《まつげ》を瞬かせて、じっと僕のことを見つめる。

カルボナーラの麺をフォークに巻きつけながら、

「お兄さん、けっこういいセンスしてるね」

とハルが笑った。コンビニ弁当のチョイスのことを言ってるんだろう。そりゃそうだ、こちとら年中無休でコンビニ弁当を食べているのだ。麺類について言えば、セブンイレブンが一番旨い。僕はたらこスパゲティにマヨネーズをかけて食べるのが好きだった。

ピンク色をしたたらこの上にチューブを絞っている僕を見て、ハルが顔を顰《しか》める。

「うわー、それ内臓脂肪の 塊《かたまり》 だよ」

「まだ若いから平気だよ」

「だめだよ。ウチのパパもそんなこと言ってたら糖尿病になっちゃったよ」

「お父さんもマヨネーズ好きなの？」

「うーうん。パパは会食とか多いから、そのせいで」

「じゃあ大丈夫だよ、僕はそんないい物食べてないもん。ハルちゃんのお父さんは偉い人なんだ」

「別に。普通の会社で普通に働いてる」

食べ終わったふたつの弁当殻を重ねて、ビニール袋に突っ込んだ。足の踏み場もなかった部屋を片付けたことに、ハルは気づいてるだろうか。

「となりに住んでる元彼って、何者なの？」

ずっと気になっていたことを、努めてさらりと聞いてみる。学生だったら、同じ大学の奴かも知れない。

「サラリーマンだよ」

ハルはベッドに寝そべりながら答えた。サラリーマンか。男のネクタイを弄《いじ》るハルの姿が浮かんで、胸の奥の方が苦しくなった。

「何で、別れたの？」

「ふられた」

ハルはベッドに仰向けになって言った。制服の白いシャツが、胸のあたりでやわらかな膨らみをかたどっている。

「え、何で」

こんな可愛い子を。思わず、そう言いそうになった。

「分かんない。ウチが子どもだったからかな」

ハルが子どもだったら、ベッドについたハルのかすかな匂いのせいで数日よく寝つけなかった僕はどうなるんだ。だんだんハルをふった、顔も知らない隣人に腹が立ってきた。子どもっぽいという理由でふるぐらいなら、そもそも女子高生と付き合う時点で間違ってる。

「電話とかメールとか、してみたらいいのに」

「したよ。したけど、全然繋《つな》がらないし、返ってこない」

ハルからの連絡を無視するなんて、最低なやつだ。

「ちゃんと、直接会いに行ったら？」

「うざがられたら嫌だし、普通キモいでしょ。別れた後に会いたい会いたいとか言うメンヘラ女」

あ、そこは自分のこと冷静に見れてんだ。

「けど、せめて、彼の音だけでも聞きたいの。それなら迷惑かけないし、いいかなと思って」

僕にかける迷惑はいいのね。他人《ひと》んち、勝手に上がり込んでますけど。

「まだ、そいつのこと好きなんだね」

好きだよね、そりゃそうだよね。じゃないとこんなことはしない。ハルみたいな女の子が、僕の家なんかに上がったりしない。

「好きっていうか」

ハルは、少しだけ間を置いて言った。

「愛してる」

「ふーん」

愛することは、信じること。そんなような言葉を、何かの漫画で読んだことがある。僕はまだ、好きという言葉の意味さえ分かってないけど。


「で、いつ告るんだよ」

ユウスケはにたにた笑う。

「告るとかしないよ。だって相手は女子高生だよ」

テレビの画面の中で襲ってくるゾンビに向かって、銃を撃ちまくる。頭を狙って正確に弾丸を撃ち込めば、雑魚キャラのゾンビなんかほぼ一発だ。

「モボって、ゲームだったら最強なのにな」

「だから勝手に変なあだ名つけるのやめてよ」

「だってお前、モボって感じじゃん。響きとか、全体的に」

すでに五回もゲームオーバーになっているユウスケのHPはもう赤く点滅している。僕のHPはまだほとんど残っている。

僕は友達が少ない。というか友達と呼べるのは、たまにゲームをしに遊びにくるユウスケくらいだ。別に、たくさん友達が欲しいわけじゃない。ひとと接するのは面倒で疲れる。可笑《おか》しくないのに笑ったり、行きたくもないのに付き合いで飲んだり、それならひとりでゲームしたり本を読んだりしている方がよっぽど楽しい。ユウスケは僕とは真逆で、彼女もいれば見た目も悪くない。交友関係も広い。何で僕なんかとつるんでいるのか不思議だけど、僕としてはユウスケといるのが苦じゃなかった。だから、こうしてたまにユウスケが来てくれればそれで充分だ。ユウスケが僕のことを友達だと思ってるかは知らない。

「俺だったらソッコーやってるわ。そんなシチュエーション、しかもパルル似」

またゲームオーバーになってコントローラーを投げたユウスケは、勝手に袋を開けてポテチをぼりぼり食べ始めた。たしかにユウスケならやってるだろう。しかし幸か不幸かそのシチュエーションにいる当事者は僕なのだ。

「で、結局その子何でパンツ持ってたの？」

「忘れられなかったらしい」

「何が」

「元彼の、パンツの匂い」

「うひゃー」

　ユウスケは奇声をあげて興奮した。

「そいつどエロだな。てかど変態だな。ますます会いたいわ」

　ハルをユウスケに会わせる気なんか毛頭なかったけど、たしかにそのことをはじめて聞いたときは、僕もそう思った。


　ハルは週に二日、月曜日と木曜日に僕の家に来た。大体は夕方、セーラー服のまま現れる。本当は毎日でも元彼の「音」を聞きに来たいらしいんだけど、両親が厳しくて、塾に行く日しか夜は出歩けないらしい。厳しい家の娘が社会人と付き合ってたら世話ないけど、現実はそんなものみたいだ。

　塾に行ってるふりして、元彼の帰りをとなりに住む男の家でじっと待つ自分の将来の娘の姿を、ちょっと想像してみてほしい。

元彼が帰ってくるまでの間は、僕が買ってきたコンビニの弁当を食べたり、ふたりでテレビゲームをしたり、漫画を読んだりして過ごした。そういえばこの前、

「小説でも読んでみようかな」

なんて殊勝なことを言い出したから嬉しくなって、二日間迷った挙句《あげく》『星の王子さま』を渡した。読んだかどうか知らないけど、まだ返ってきてないのと、感想らしいものもないので、途中で飽きてしまったんだろうと諦《あきら》めている。

コツコツコツ、と革靴の底が鳴って鍵を開ける音が聞こえると、ゲームでも漫画でも途中で放っぽりだして、ハルはベッド側の壁にぴたっと耳をつけて動かなくなる。真似して僕も壁に耳を当ててみたけど、シャワーを浴びる音とか、ＥＤＭ系の音楽がうっすら聞こえるくらいで、どこでハルが満たされているのか全然分からなかった。ただ、その日以来アダルトビデオを見るときは、ちゃんとイヤホンを使うことにしている。

「はじめてのひとだったの」

「何が」

「セックス」

ハルが何の脈絡もなくそんな話を始めたから、危うく食べていたミートスパゲティの麺が鼻から飛び出しそうになった。セックスとな、セックスね、はいはい。オッケーセックス。

元彼とはナンパで知り合った。友達と渋谷で遊んでいたら声をかけられて、好奇心で友達とついていった。そしたら意外と優しい男で、連絡先を交換し、たまにふたりでご飯を食べるようになった。人生で初めてお酒を飲んだ日、酔っ払ってそのまま男と体の関係を結んだ。朝、どういうつもりで自分と寝たのか尋ねると、付き合おうと言われた。朝帰りのせいで親にはめちゃくちゃ怒られたけど嬉しかった。ハルは、男との思い出を噛みしめるように、ぽつりぽつりと話した。聞きたくないことを平気なふりして聞くのは、けっこう辛いことだった。

元彼が性的に変な嗜好《しこう》の持ち主だったことを知ったのは、別れた後、やけっぱちで他の男と寝たときだったらしい。

「するときってさ、男のひとのパンツをずっと嗅いでなきゃいけないと思ってたの。元彼にそうさせられてたから」

「へ、へぇ」

そんなプレイあるんすね。

やってる間自分のパンツを嗅ぎ続けられたら、僕は興奮するだろうか。するかもな、するね、します。ていうか、他の男ともやったんだ。へぇ。

「そしたら元彼じゃない男から見た目に似合わず変態だね、とか言われて」

「そりゃ言われるよ。AVとかでやってるとこ見たことなかったの？」

「あったけどさ、あれはあくまでエンターテインメントで、本当はみんなパンツ嗅いでんのかなって思ってたの。いま考えたらバカだけど、知らなかったんだもん」

知らなかったって言ってもパンツ嗅ぎながらやるのは普通じゃないでしょ、なんてこと僕に言えるはずがない。予習ばかりで実地のない僕に、何が本当だと言えるのか。少なくとも実地経験のあるハルの方が、きっと本当に近い。

「でもね、はじめてのひととがそうだったから、どうしようもないの。キモいって分かっててもね、体の奥からそうなっちゃったからね、どうしようもなくて。元彼のパンツの匂いがね、忘れられなかったの」

「うん」

ある意味そのおかげで、ハルはあの日ベランダの縁にまたがっていて、僕はハルと出会えた。

「なんであんな男のこと忘れられないのか、全然分からないの。もっと優しいひとなんて、いっぱいいると思うの。お兄さんだって、優しいよ。なのにね、彼じゃないとだめなの。彼以外はね、彼じゃないひとなの」

「うん」

彼じゃ、ないひと。

「壁からね、彼の音が聞こえてくるでしょ。それだけでね、安心できるの。ああ、まだ彼はいるんだって、消えてないんだって。それだけでね、生きていける気がするの。家で彼のパンツを嗅いだらね、安心して楽しいときに笑えるし、悲しいときに泣けるようになるの」

僕はただただ頷《うなず》いた。僕のキャパシティでは、それがやっとだった。たぶんハルも、僕に何かを言って欲しかったわけじゃない。ただ聞いて欲しかったんだ。異性としての可能性がゼロの、僕に。

ハルが帰った後、やるせない気持ちをティッシュに吐き出して腑《ふ》に落ちた。ハルにとって元彼のパンツを嗅ぐことは、夜な夜な繰り返す僕のこの行為と、きっと同じなんだと思った。

物音で起きた。まだユウスケは床でいびきをかいている。

ユウスケがコンビニで買ってきた鏡月《きょうげつ》を、紙パックのオレンジジュースで割ってふたりで飲んでたらいつの間にか寝てしまっていた。よだれの跡がこびりついた口元を撫《な》でながら、まだ頭がぼんやりしている。

がたがた、ぴぴ、おーらいおーらい、おっけ、こっちもった、はいはこぶよー。

外から聞こえてくる騒がしい声をうるさく思いながら、二度寝しようと枕に頭をのせた瞬間、はっとした。慌《あわ》てて家を飛び出すと、となりの部屋から家具が運び出されようとしている。やばい！　どうしよう、どうする？　とにかくやばい。

動転して部屋に戻ると、とりあえずユウスケを揺り起こした。

「ねえ、どうしよう」

「んん、なんだよ。まだ寝かせろよ」

「消えちゃう」

「何が」

「となりの元彼が、いま引っ越ししてる！」

ようやく体を起こしたユウスケはあくびをして面倒臭そうに言う。

「ハルちゃんに連絡するしかねーだろ」

「知らない」

「は？」

「連絡先なんて、聞いてない」

「……お前どんだけだよ」

ユウスケは、寝癖のついた髪をわしゃわしゃかき混ぜながら、呆れた。僕だって、連絡先を聞こうと何度も思った。でもそのたびに、いかにも自分の下心をハルに見透かされそうな気がして聞けなかった。僕の幼稚で浅はかな下心がばれて、ハルにとっての「彼じゃないひと」になり下がるのがこわかった。ハルがやけくそでやった男たちとか、クラスメートとか、そういう奴らと僕は違うと思いたかった。ハルに思ってほしかった。どうせ僕なんか「彼じゃないひと」なんだろうけど、それでも僕は、そこに淡い期待を抱いていた。いかにも童貞らしい期待を。

「どうしたらいい？」

ユウスケ、こんなとき僕はどうしたらいい？

「どうしたらって、どうしようもない」

そんなこと言わないでよ。

「このままだと、元彼がいなくなっちゃう」

元彼がいなくなったら、ハルはもうここに来なくなるんだよ？

「じゃあ、引っ越しやめてくれって、直接頼みにいくか？」

「そしたらやめてくれるかな」

土下座でも何でもするよ。引っ越しのキャンセル料くらいだったら、何とか払えるかも知れない。

「んなわけねえだろ」

たしかにそんなわけない。そんなわけないけど、じゃあどうすればいいんだよ。

つぎてれびー、あとたなとだんぼーるにさんこ、りょうかいでーす。

「ああ、ああ、ユウスケ。こんなときどうしたらいいの？」

僕はユウスケにすがりついた。

「モボって、本気でハルちゃんのこと好きだったのね」

これが好きっていう気持ちなんだろうか。だとしたらハルは、こんなに辛い思いをしながらいつも壁に耳を当ててたのか。

「どうしよう」

「引っ越していくの見てるしかないよ」

「それ以外のことでだよ！」

思わず大声を出してしまう。ユウスケはため息をついて言った。

「そんなの、モボの気持ちをハルちゃんに伝えるしかないじゃん」

次の月曜日の夜、インターホンが鳴って、

「やっほ」

といつもの調子でハルは入ってきた。

「ああ」

返事をするのも気が重かった。以前まではあんなにハルの来る日が待ち遠しかったのに、何かのアクシデントでずっと今日が来なかったらいいのになんて、叶いもしないことを願ったりした。せめてハルが来ないことを祈った。でも、やっぱりハルは来てしまった。

カバンをベッドの隅に放って、ハルはいつもみたいに薄い白壁に耳を当てる。目を閉じて、じっと耳を澄ましている。もぬけの殻になった部屋、聞こえるはずのない元彼の音を探して。

「ねえ」

僕は、ハルに声をかける。

「ねえ、ハルちゃん」

黙っててもいいんじゃないか。黙ってれば、本当はもうそこにいない元彼の音を聞きに、これからもハルはずっと僕の家に来る。それで、いいじゃないか。そんな考えが頭をよぎった。

静かに息を吐くと、ハルは壁から耳を離してゆっくりと僕に向き直った。

綺麗なふたつの瞳と目があう。

「あのさ」

本当のことなんて言わなくてもいい。でも、僕はこの子の前では、本当でありたかった。自己満でも何でも、平気で嘘をつく奴らとは一緒になりたくなかった。

「となりのひと、ハルちゃんの元彼。先週の土曜に引っ越してった」

ああ、言ってしまった。ああ、自分で切ってしまった。ハルがここに来る理由、僕がハルと会える時間。ああ、ああ。格好つけて、後悔して、いつもこの繰り返し、いつもこの繰り返し。

「本当はそのとき連絡しなきゃって思ったんだけど、電話番号もメアドも聞いてなかったから、連絡できなくて。ごめん」

「知ってるよ」

「え？」

「引っ越したの知ってる。久しぶりにメールきたの、元彼から」

ハルは心なしか、清々《すがすが》しい顔をしていた。

「福岡に転勤だって」

「そうなんだ」

そうとしか、言いようがなかった。結局、ずっと僕は蚊帳《かや》の外にいたわけだ。

「なんか、最後に音を聞きたくて来ちゃった」

ああ、もし、もっと僕の身長が高かったら。

「不思議とね、壁越しにでも、向こうの雰囲気が分かるようになったの。変な能力っいちゃったかな」

　もし、僕の目がくっきり二重だったら。

「ウチね、お兄さんのおかげで言えたよ。メールだったけど、本当の気持ち言えた。だから、もう大丈夫。お兄さんのおかげだよ」

　もし、僕の鼻の形が綺麗だったら。

「彼のパンツも捨てた。やっと元彼のことが昔になった。ありがとうって、お兄さんに言わなきゃって思ったよ」

　ちゃんと自分の気持ちを正直に表現できて、図太くて、多少の強引さとノリの良さがあったら。

「あー、すっきりした」

　目の前で無邪気に笑っている、世界で一番身勝手で、世界で一番可愛い女の子に、好きだって、言えるのに。

「ばいばい」

　手を振って、ドアの隙間から見えなくなってしまうハルを引き止めて、「好きだ」と、きっと言えたのに。

ハルが来なくなって、また家は散らかり放題になった。相変わらず僕は童貞で、たまにコンビニでパスタの弁当を買って、ハルのことを思い出しながら食べた。週に一回ぐらいユウスケが来て、テレビゲームをしたり朝までだらだらと酒を飲んだ。合コンというものに無理やり連れていかれたけど、別に楽しくないのに笑ったり、喋りたくもないのに喋らないといけない空間に息がつまって、二度と行くことはなかった。

そんな毎日の中で、いつの間にか大学を卒業していた。いつの間にか僕はサラリーマンになっていた。それから一度だけ、街中でハルを見かけたことがある。

ハルはセーターにジーンズというラフな格好で、制服を着ていたときよりもなぜか幼く見えた。楽しそうに男と腕を組んだハルと、すれ違い様に目が合ったような気がしたけど、たぶん、気のせいだと思う。

# 麗しい美しい

まあまあで生きていく。

別に高望みなんてしないから、そこそこの会社に入って、そこそこの生活して、そこそこの幸せがあれば、それで充分。そう思ってた。

むしろ、そう思おうと努力してた。

ピピン。テーブルに置いたスマホが、メールを受信する音がした。恐々《こわごわ》、パスワードを打ち込んで、Ｇｍａｉｌのアプリを開く。

【残念ながら、今回は貴意に添うことができない結果となりました。貴殿のご健勝と今後のご活躍をお祈り申し上げます】

舌打ちをして、ベッドにスマホを投げつける。あー、きっつ。何回祈られりゃいいのよ、俺。貴殿のご健勝と今後のご活躍。祈ってる場合じゃなくて、採用しなさいよ、俺を。というか、どうか採用してください。何でも、何でもしますから。

そこそこの会社に入る。このことが、こんなに難しいもんだなんて知らなかった。学生生活、別に特別なことをしてたわけじゃない。じゃないけど、どこかしら受かるもんだと思ってた、さすがに。一流企業に入りたいって言ってるわけじゃない。そこそこ。ほんと、そこそこでいい、のに。俺ってそんなに必要ないのかな、この世界に。この社会に。とか、本気で考える。そこそこにすら、俺はなれないのかな。じゃあ、何になれるってんだよ。何になればいいんだよ。

小学生の頃は、プロ野球選手になりたかった。でも、どんなに頑張って練習しても、部活のレギュラーメンバーに（すら）なることもできなくて、プロ野球選手になることを諦《あきら》めた。中学の頃は、料理人かカメラマン。高校生になって、エッセイストかミュージシャンになりたかった。でも、ぜんぶ諦めた。どの分野にも、俺なんかよりよっぽどすごいひとがいた。

夜中、眠れないときにどうしようもなく叫びたくなる。俺はここにいる、と。本当は、ぜんぶ諦めてなんかいないと。諦めなきゃいけなかったんじゃねーか、と。努力とか、そういうレベルじゃないじゃん、才能じゃん、生まれ持ったもんじゃん。俺、悪くねーじゃん。どうしろって言うんだよ。なんて、そんなこと声を大にして言ってみたところで、虚しいことも分かってる。

もう大学生だし。夢見る歳じゃ、ないし。分かってる、分かってるけど、どうにもならない自分のことが、どんどん嫌いになっていく。

「大丈夫だよ、草太《そうた》なら」

真理《まり》は、眠そうな目をして言った。それから五分と経たないうちに俺の腕の中ですやすや寝てしまった真理は、とっくに商社の一般職に内定していた。はあ。真理のためにも、はやく内定取らなきゃ。

最近、まぶたを閉じても長い時間眠れないことが多くなった。

俺らは付き合って、もうすぐ三年になる。大学を卒業して仕事にも慣れたら、真理と同棲しようと、密かに思っている。きっと、真理も喜んで俺の提案を受け入れてくれるはずだ。そのままもし結婚とかしても、ちゃんと真理との時間は大事にしたい。俺、いい旦那になる自信、あるし。そうなったら、子どもは三人欲しいな。女、女、男の順番。にぎやかな家庭になりそうだ。って、まだ気がはやいか。

「御社で、私は最大限に自分の能力を発揮できると思っております。なぜなら御社の企業理念に非常に感銘を受けておりまして、これまでの私の経験を百二十パーセント活かせると思っているからです」

爪はしっかり切った。髪も短く爽《さわ》やかに、背筋はぴしっと。靴だって家を出るときぴかぴかに磨いた。

「ありがとうございました」

ドアから出るときのお辞儀も完璧だった。もちろん角度は、斜め四十五度。

水道メーカーの最終面接、手応えはあった。ていうか、これまでで一番うまくいったと思う。一回も話に詰まらなかったし、面接官の雰囲気もいい感じだった。結果は今日中に電話で連絡がくることになっている。ひとまずお疲れ様、自分。

面接会場を出ると、夕方あるはずだったゼミのグループＬＩＮＥに、教授が風邪を引いたから休みになったというメッセージが来ていた。ラッキー。まだ昼過ぎだし、いっか、真理の家にでも行こっかな。リクルートスーツ着替えに戻るのも面倒だし、このままで。

そんで、明るいうちから真理とふたりで酒を飲もう。コンビニでビールでも買って、内定の前祝いをしよう。遅くても五時には合否の連絡するって言ってたし、その後ふたりでうまいもんでも食べに行こう。ファミレスとかじゃなくて、もうちょっといいとこに。いい感じの雰囲気だったら、今日言ってもいいかもしれない。同棲しようって。んで、家に帰ったら、ベッドに寝転びながら二人で住む家をネットで探そう。うん。いいね、いい日。
そう、なるはずだった。だったんだ。だったのに、何で。

合鍵を回して真理が住んでいるマンションに入ると、そこにいたのは裸の真理と、真理と同じテニスサークルに所属している佐山《さやま》という男だった。ふたりは俺を見て、阿呆みたいに口を開けていた。

提《さ》げていた就活用のカバンとコンビニの袋を同時に落として、袋に入っていたビールの缶が破裂する。ぷしゅー、と炭酸の噴出する音がして、漏れたビールが靴下に沁《し》みた。でもそんなこと、どうだっていい。

「お前、何してんだよ」と俺が言う前に、裸の真理が言い放ったことが、

「今日ゼミじゃなかったの!?」

だったから、俺は言葉を失った。

いや、教授が風邪引いて急に休講になっちゃってさ。なんて答えてる場面じゃないことは分かってるけど、じゃあ他に何て言えばいいのか言葉が見つからない。だって、自分の彼女が、すれ違えば「最近どーよ」くらいは話をする男と、ベッドのうえで裸になっているのだ。何してたのかは確認しなくても分かるし、今すぐ離れろ、も違うだろう。今さら離れたところで、もうどうにもならない。

「何で黙ってるのよ」

俯いたままでいる俺に、真理は言った。

「何でって、何だよ。逆に何でお前が俺責めてるわけ?」そう言い返したかったけど、喉《のど》がしまって声にならない。俺は苦し紛れに、足元に転がったビール缶を蹴飛ばした。自分の感情を表現するにはそれぐらいしか方法がなかった。まだ中身の入っている缶が棚に当たって、その衝撃で写真立てが床に落ちて割れた。俺と真理がふたりで笑っている写真立てが。

「やめてよっ！」

真理の金切り声が響いた。

「やめてよって、俺の……俺のせりふだろ」

俺はやっと、それだけ言った。さっきから佐山のおろおろした視線が、俺と真理の顔を行ったり来たりしている。

何でだよ、何でよりによってこんなやつと、したんだよ。

「そ、草太が悪いんじゃん」

「は？」

真理の予想外の言葉に、思わず間抜けな声が出た。俺が、悪い？　他の女に目もくれず、もちろん浮気なんて一回もしたことのない真理一途だった俺が、悪い？　どういうこと？　事前にＬＩＮＥでもしとけばよかったのか？　でも、誰が想像するよ。ふらっと家に行ったら他の男と彼女が裸になっているシーンなんか。

「いつまでも内定一個もないし、一緒にいても暗い話ばっかだし、もう、疲れたんだよ……。いつまで、いつまで就活してんの……」

黙って聞いてりゃふざけやがって。そう俺が怒鳴り返そうとしたとき、場違いなほど無機質な着信音が鳴った。何だよこんなときに。スマホの画面には非通知の文字。うわ、このタイミングかよ。でも背に腹は代えられない。俺は真理と佐山の怪訝《けげん》そうな視線を受けながら息を大きく吐いて、通話ボタンをタップする。

「もしもし。本日面接を受けて頂きましたＭＯＶ株式会社の者ですが、ただいまお時間よろしいでしょうか」

よろしいわけはないけど、俺は、

「はい、大丈夫です」

と答える。もう結果は分かってるから、早くして欲しかった。

「ありがとうございます。大変申し訳ありませんが、慎重に検討した結果、今回は採用を見送りとさせていただくことになりました」

え？　う、うそでしょ。

「藤島《ふじしま》様の、就職活動のご成功をお祈りいたします」

ああ、まじか。今日って、そういう日だったのか。最悪だ、最悪だ、最悪、最悪、最悪最悪最悪最悪最悪最悪最悪。

「あ、あのっ」

あの、俺って、そんなに駄目ですか。そう言おうとしたけど、すでに電話は切れた後だった。受話口から聞こえるツー、ツーという感情のない冷たい音は、俺のそこそこ幸せな未来と真理との関係、その両方の終わりを告げているような気がした。というか実際、告げていた。

白地の看板に、

『とんでもない青』

と、なぜか赤いペンキで殴り書きされている。店の軒先にライトはまだ点いてないけど、窓にかかったブラインドの内側からは光が漏れていた。試しにドアノブを回すと、案の定、鍵はかかっていない。

扉を開けるとすぐ、モガちゃんの背中があった。

「あ、開店前か」

そう言うと、

「白々しい。開店時間知ってて、そういうこと言うよね」

と言ってモガちゃんは振り返りもせずに、せっせとウィスキーの瓶を棚に並べていく。そう、俺はいつだって白々しい。どんなにはやく来ても、モガちゃんが店にさえいれば中に入れてくれるのなんて分かってて、わざと聞いている。そんな俺を「白々しい」と評するモガちゃんは正しくて、でもそんな男が好きだから俺を「白々しい」と言うモガちゃんの目尻はいつも緩んでいる。そういうことだ。

「そこ座ってて」

モガちゃんの言葉を待って、いつも座るカウンターの隅の席に腰をおろす。

「何飲むの？」

「いつもの」

「ちょっと待っててね」

「うん」

俺はそう答えると頬杖《ほおづえ》をついて、モガちゃんの華奢《きゃしゃ》な背中を眺《なが》めていた。


あの日、俺は殺す、殺してやる、暴れまわってやる。全部、全部めちゃくちゃにしてやる。そう思ったけど、結局そんなことできなくて、黙ってカバンを手に持つと、濡れた靴下のまま革靴を履《は》いた。

「な、何か言いなよ！」

背後から追いかけてきた真理の声を無視して、俺は外に出た。一気に力が抜けて、何《なん》にもやる気がなくなった。全部どうでもいい。そう思った。

そのくせ、涙がとめどなく溢《あふ》れて、ああ、俺って真理のこと本気で好きだったんだな、と余計やるせなくなった。

その後、やけになった俺は居酒屋でビールを五、六杯ひっかけて、クラブに飛び込むとテキーラを浴びるように飲んだ。

くそ、くそ、くそ。

沈んでは爆《は》ぜる大音量の中で、俺は全力で叫んだ。どんなに叫んでも、俺の声は密閉された喧騒《けんそう》に吸い込まれていく。くそぉ。どんなに飲んでも酔えなくて、だから何杯も何杯も何杯も酒を飲んで、財布の中が空になると、ATMで金をおろしてまた酒を飲んだ。

色とりどりのビームライト、に照らされる若い女の汗、に群がるガタイのいい男たち、に体を押しのけられて、そこからストンと記憶が抜け落ちている。

後から聞いた話。路上でゲロを吐き散らし、前後不覚の中どこかの植え込みにはまって動けなくなっているところを俺はモガちゃんに拾われた、のだそうだ。

夜中、店で足りなくなった炭酸水を買いにモガちゃんがコンビニに向かっている途中、暗闇からうめき声が聞こえた、らしい。

「また猫でも盛《さか》ってんのかな」なんて思いながら声のする方を覗くと、いたいけな男が植え込みにはまって身を捩っているのを見つけて、『天空の城ラピュタ』の名場面に遭遇したのかとたいそう感動した、らしい。

炭酸水の代わりに、若い男を担いで店に戻ったモガちゃんは、酔った客たちから罵《ば》声《せい》を浴びせられてこう叫んだのだそうだ。

「いますぐ帰って！　今日はもう店を閉めます。さっきわたしに文句言ったやつ、あんたは金輪際ここに来なくていいわ。わたしは今日、この子のパズーになります。今夜『とんでもない青』はラピュタになって、天空へと旅立ちます」

たぶん、その時点でモガちゃんも相当酔っ払ってたんだと思う。

そうじゃなかったら、狂ってる。

その日、本当にモガちゃんは客を全員追い出して、酔った俺を一睡もせずに朝まで介抱してくれた、らしい。朝になって目を覚ました俺は、知らない天井の下で見たこともない女がこっちを見ているのに気づいて、悲鳴をあげた。

外に出ると、とっくに明るくなっていた。

「あ、ありがとうございました」

そう言って立ち去ろうとして、ぐう、と腹の鳴る音がした。俺かと思ったら、モガちゃんがへそのあたりに手を当ててバツが悪そうに笑っていた。

「ねえ、お腹空かない？」

「はあ」

俺はどっちともつかない返事をしたけど、胃の中は空っぽだった。ただ、財布の中も空っぽだったのだ。

「どれでも好きなの選んでいいよ。おごるから」

モガちゃんはそう言って、松屋の券売機に向かって大げさに手を広げてみせた。

「じゃ、じゃあ」

俺が牛めし並盛りのボタンを押すと、モガちゃんは間髪を入れずに牛めし大盛りのボタンを押した。よく食べるひとだなあ、とぼんやりした頭で思った。

美味しそうにむしゃむしゃ牛めしをかきこむモガちゃんを見て、俺が呆気にとられていると、

「はやく食べなよ。欲しいものははやくしないと、すぐ誰かに取られちゃうよ」

そう言って、モガちゃんは笑った。真理のことを言われているような気がして、急

に気が重くなった。はやくしないとって、どうしたらよかったんだよ。しかも昨日あんなことがあったのに、真理からは電話もＬＩＮＥも来ていない。所詮《しょせん》、俺のことなんてその程度だったってことだよな。あの後佐山と、何あいつ（笑）、みたいな会話してんだろうな。つら。情けな。情けなさ過ぎて死にたい。

箸を止めたまま俺が俯いていると、

「あんた、わたしの二番目の彼氏にならない？」

なんて、いきなりモガちゃんがそんなことを言い出すから、思わず米を吹き出した。え、こいつ何言ってんの。しかも二番目ってどういうことだよ。

「まあ、考えといてよ」

んじゃ、ゆっくり食べて行きな。そう言い残し出て行ったモガちゃんを追って、俺はあわてて店を出た。

「あの！」

道玄坂《どうげんざか》を下ろうとしていたモガちゃんが振り返る。

「い、いいですよ。二番目の彼氏」

俺はそう答えた。真理への腹いせもあったけど、何だか、興味を持ったのだ。この変な女に。

するとすたすた近づいてきたモガちゃんは、いきなり俺のことをぎゅうっと抱きしめて、俺のあごについていたらしい米粒を指で弾いてキスをした。真っ昼間の渋谷、行き交う人々の半笑いな視線も気にせず。

「んじゃ、行ってくるね」

そう言ってにっこり笑ったモガちゃんに、

「ど、どこに」

と高鳴る鼓動に動揺しながら尋ねた。

「昼のお仕事だよーん」

無邪気に手を振るモガちゃんの背中が雑踏に消えていくのを、俺は呆然と見送るしかなかった。モガちゃんの言う「昼のお仕事」が、デリヘルだということを知ったのはそれからしばらく経ってからのことだった。


「欲しいものは全部欲しいの。楽しいことは全部したいの」

ある日の明け方、『とんでもない青』から帰ってきたモガちゃんはベッドで寝ていた俺に顔を近づけると、蕩《とろ》けた目をして言った。酒の匂いがした。

「そのためだったら何でもやるよ。体だって売るし。それが手っ取り早いんだよね、結局」

そう言って笑うモガちゃんに俺は、

「そ、そっか」

とあいづちを打つことしかできない。

大学へも行かず、就活もせず、俺はモガちゃんの家に入《い》り浸《びた》っていた。いわゆるヒモというやつだ。渋谷にあるデザイナーズマンションの三階。二十畳以上はある広いワンルームが、モガちゃんの城だった。モガちゃんが酒を飲んで、体を売って築きあげた城。この城で、モガちゃんはこれまで一体何人のヒモを飼ってきたのだろう。

モガちゃんは料理なんか作らない。曰《いわ》く、

「食べて美味しいと感じる瞬間が最高なんだから、そこだけ味わえばいいじゃん、そう思わない？」

正しいかどうかは別として、よどみなくこんなことを言ってのける女と一緒に暮らして楽しくないわけがない。モガちゃんはほとんど家にいないから、ここでひとり何をしようと俺の自由だし、夜は夜で『とんでもない青』に行けばタダ酒が飲める。最高だ。そうして俺は、就職先の代わりに留年が決まっていた。まあ、いっか。もう、

何でもいいや。こんな生活ずっと続くわけないことは分かってる。でも、そんなことで悩むことさえ、モガちゃんに言わせれば、

「人生損してる」

ということになるんだろう。

「楽しいのが一番。悩む暇あったら、笑うか寝るか」

そう言って、酔ったモガちゃんはいつも俺の体を優しく包み込んでくれる。何時間か前に、他の男に抱かれていた体で、優しく包み込んでくれる。


モガちゃんが家にいない間、俺はよくひとりでDVDを借りてきて、映画のエンドロールを眺めて過ごす。黒地の画面に名前がひとつひとつ流れていくのを、主演から、エキストラに至るまで、俺は丁寧に読みあげていくのだ。それで、「映倫」という文字が浮かびあがったら、また巻き戻してエンドロールだけを見返す。本当に、こんなひといんのかな、なんて考えながら。そうして、モガちゃんにぴったりの名前を探してみる。亜希菜《あきな》、とか芽衣《めい》、とか。そう、俺はまだモガちゃんの本当の名前を知らない。いや、知りたくないのかもしれない。だって、モガちゃんがモガちゃんじゃ

なくなったら、この夢みたいな時間が急に現実となってのしかかってくるのは、分かりきってることだから。


「草太、こっちこっち！」

暖簾《のれん》をくぐると、モガちゃんは大声で俺の名前を呼んだ。そんな大げさにしなくても分かるっての。モガちゃんといま入ってきた俺以外、客なんていないんだし。

「今日のお客さんいっぱいお金くれたから、もうあがってきちゃった」

モガちゃんはそう言ってほくほくと笑った。中心がぽっかり空いた鍋に、なみなみと注がれたスープが煮えたぎっている。

「それにね、ピンと来たの。草太がいま頃お腹すかしてんじゃないかって」

「まじでそんな予感したんなら、モガちゃんはエスパーだね。大当たり、占い師の才能でもあるんじゃない？」

俺は白々しくそう言って、出された水をごくごく飲み干す。まあ、そりゃ当たるはずだ。俺はいつだっておごってもらおうと、モガちゃんから連絡がくるまで極力何も食べないようにしてるんだから。

「ほら、お肉来たよ、お肉！」

「分かってるよ」

モガちゃんは両手をぴょこんとあげて、運ばれてきた薄い豚肉を菜箸で一枚一枚丁寧にはがし、鍋にくぐらせていく。

「まずはお肉から、野菜は後なの。草太知らないでしょ」

そう得意げに話すモガちゃんに、

「別にどっちから入れても変わらないでしょ」

と投げやりに言うと、

「変わるよ。先に入れたお肉から出た出汁《だし》が野菜に沁みて、一層美味しくなるんだから。だから草太は色気が足りないんだよ。ひとの色気ってのは出汁の味が分かんないと出ないんだよ」

誰かに教わったらしいモガちゃんの蘊蓄《うんちく》を無視して箸をのばすと、菜箸でぴしゃっと叩かれた。菜箸についた出汁の雫《しずく》が手に滴《したた》って思わず俺は、

「あつっ！」

と悲鳴をあげる。

「罰よ罰。意地汚い人間にはこうやって罰が当たるんだよ」

当たるんじゃない、当てたんだろ。そう思いながら、俺はあえて黙ったまま苦悶する。すると案の定、モガちゃんは心配になってきたらしい。

「ちょっと見せて」

鍋の中で、とっくに黒ずんでいる肉なんてそっちのけにして、モガちゃんはほんの少し赤くなった俺の手の甲を何度もさする。何度も何度も、むしろモガちゃんのせいで手の皮膚が擦《す》りきれるくらいに。

「も、もう大丈夫だよ」

うんざりしてそう言った俺の手を、

「何言ってんの、水ぶくれになったらどうすんのよ」

といつまでも撫で回している意地汚いモガちゃんへの罰は、一体いつくだるんだろうか。それとも俺の知らないところで、罰を受けてるの？　ねえ、モガちゃん。

昼過ぎに目が覚めた。特にやることもないので近くのコンビニまで行ってぱらぱらと週刊誌を立ち読みしていると、目の前をモガちゃんが通り過ぎていった。となりにはスーツ姿の男がいて、モガちゃんはそいつの腕を摑《つか》んで歩いていた。やめとけ。そう思いながら俺は読みかけの週刊誌を乱暴にラックへ戻すと、ついモガちゃんの跡をつけてしまった。やけに暑い日だった。

ふたりが円山町《まるやまちょう》にあるラブホテルに入っていったのを見届けて、つくづく自分のことが嫌になった。何がって、一時間後にホテルから出てきたモガちゃんが男と別れるのを見計らって「何してんの？」と偶然を装って声をかけ、「お腹減ったからご飯食べよー」なんて無邪気に言うモガちゃんと一緒に、近くのステーキ屋で分厚いフィレ肉を食べながら美味しいねと笑っていられるのだ、俺は。そうして、何で俺が「二番目の彼氏」なのかが分かった。一番目になんかなったら、俺は絶対この生活に耐えられない。

こんな毎日、ずっと続くわけはない。当たり前だ。分かってる。分かってるけど、俺は現実から目を逸らすために、酒を飲んだ。『とんでもない青』で、客と馬鹿笑いをしているモガちゃんを眺めながら。

モガちゃんの誕生日が近づいていた。

その日は『とんでもない青』の常連たちにとって一大イベント、らしい。モガちゃん曰く、誕生日の前後を含めた三日間、『とんでもない青』は「モガちゃん大生誕祭」と題して、狂ったように飲みまくる、らしい（いつだって『とんでもない青』では飲みまくりのどんちゃん騒ぎが繰り返されているけど）。来てくれた客には、モガちゃんが発注した豪華な料理をふるまって、シャンパンを開けて、ロンリコという七五・五度の酒をストレートで飲みまくる、らしい。

「そこはスピリタスとかじゃないんだ」

俺がそう尋ねると、

「スピリタスまで度数いっちゃうと、みんな一杯で死んじゃうでしょ。ロンリコぐらいで楽しくさせて、じわじわ殺すのが楽しいんじゃん」

と言って、モガちゃんは不気味な笑いを浮かべる。

誕生日まで二週間とせまってきた頃から、モガちゃんはそわそわし始めた。

「今年はみんなに何の出前食べさせようかな。鍋は熱くてすぐ食べれないし、肉、はねえ。冷めたら美味しくないし」

「モガちゃんの誕生日なんだし、そんな悩むぐらいなら素直にプレゼントもらうだけもらっとけばいいんじゃないの」

そう俺が投げやりに言うと、モガちゃんは心底呆れた顔で言うのだ。

「草太。誕生日は贈り物をもらう日じゃなくて、自分みたいな人間をいつも受け入れてくれてありがとうって、周りに感謝する日なんだよ」

そして「モガちゃん大生誕祭」では、もうひとつ特別なことがある、らしい。その三日間だけは、モガちゃんが『とんでもない青』を開く前に働いていた店の名物だったポールダンスが復活するのだ。ポールダンスなんて言っても、『とんでもない青』にはポールはおろか柱さえない。だから、ポールの代わりにモガちゃんは、大して幅もないカウンターの台に乗って、踊り狂う、らしい。

「それのどこがポールダンスなの」

抗議すると、モガちゃんは、

「ポールならあんたたち男の数だけあるじゃん」

なんて涼しい顔をして、

「それがわたしのポールダンスなの」

と言い張っている。

「ふーん」

俺がさもどうでもいいようにあいづちを打つ。

「ばーか」

モガちゃんは微笑《ほほえ》んで、優しく俺の腕をつねってくる。


頭が激しく脈を打っている。「モガちゃん大生誕祭」は、最終日に突入していた。モガちゃんは初日同様、狭いカウンターのうえに乗って器用に体をくねらせていた。モガちゃんが着ている薄いタンクトップから、ちらっとくすんだ色の乳首がはみ出るたびに歓声があがる。この日はモガちゃんが六本木で働いていた頃の常連も顔を出していて、『とんでもない青』は熱気に包まれていた。

この三日間、「モガちゃん誕生日おめでとー！」というお祝いの言葉と一緒に、「じゃじゃーん」なんて言われながらプレゼントをもらうモガちゃんが、わざとそのたびに俺の方を見ないようにしているのは分かっていた。

俺はまだ、モガちゃんにプレゼントを渡していない。一応買ったものの、ブランド物の財布やらシルクのマフラーやら青いバラの花束やらが次々モガちゃんに渡されていくのを見た後に、俺のしょぼいプレゼントなんか渡せるはずがなかった。どうせデリヘルの顧客からも高価な物をもらったりしてるんだろう。そう思うと、どうしても渡す気になれなかった。

ロンリコの原液を三杯飲まされた俺は、すでに相当酔っていた。そもそも、

「今日はデリヘルの客とってないの」

と無邪気に笑うモガちゃんに連れられて、ビールやら日本酒やらをたらふく昼間から飲んでいる。

うう、気持ち悪。

視界が溶けて、自分と『とんでもない青』の境目が曖昧になっていく。

「さあ宴はこっからよぉぉぉ」

モガちゃんが叫ぶと、

「ヴーヴ！」

と一斉に声があがった。ポンッと音がしてヴーヴ・クリコの瓶がどんどん空になっていく。どこからともなくシャンパンの注がれたグラスが回ってきて、刺戟に満ちた泡が体内を撫で回しながら胃に落ちていく。

さっきべろべろの状態で入ってきたユウスケさんという客が、いつの間にかカウンターの隅で泣いている。

「俺だってさ、俺だって好きだったよ。悪いのは俺だよ、知ってるけどさぁ」

モガちゃんは、ユウスケさんの頭を叩いて笑う。

「めそめそすんなよ。あんたみたいにズルい男に泣く権利はないのよ」

「だよなぁ。俺ってやっぱズルいよなぁ。でも一緒にいれないんだよぉぉ」

声が頭の中でハウリングする。やばい、もう無理。俺は壁を伝いながら、店の隅に置いてあるソファにやっと倒れ込んだ。


がちゃがちゃがちゃ。下半身が揺らされて意識が戻った。モガちゃんの手が俺のベルトを外そうと暴れていた。シャツがめくられて、脇に舌が這《は》いずり回っている。モガちゃんの顔は俺の下半身のすぐそばにある。ってことは、誰だよ、俺の脇を舐《な》めてんの。みんながにやにやしてこっちを見ている。『とんでもない青』自体に、俺はいま嬲《なぶ》られようとしているのかも知れない。

「ちょっとどいてよ、草太はわたしが食べるんだから」

モガちゃんがそう言って、脇にあった顔を押しやった。俺はモガちゃんに食われようとしている。ねえモガちゃん。どんなに汚くてもいいから、どんなに欲にまみれててもいいから、俺はモガちゃんの本当が知りたい。二番目の彼氏って何だよ。モガちゃん、デリヘルなんかやめてよ。俺、頑張るから。ちゃんと就職して、ちゃんとお金稼いで、モガちゃんが欲しいものも楽しいことも、全部、全部あげるから。

「ふふ」

という声が聞こえた。俺の声だった。

「ふふふ」

笑ってる。俺が笑ってる。

そっか。やっと俺、自分の声をちゃんと聞いたんだ。聞こえないふりしてた声を。ごめん。俺、モガちゃんのこと本気で好きになったみたいだ。

「ふははははははは」

堰《せき》をきったように、笑いが溢れてくる。

「は・は・は・は・は」

喉仏《のどぼとけ》が弾け飛ぶくらい、俺は大きくはっきり「は」と「は」の間を区切って笑った。モガちゃん。やばい、ウケるね。俺、モガちゃんのこと好きみたい。ずっと目を逸らしてた。だめだって思ってた。だってモガちゃんは、そういうの嫌そうだし、俺、また傷つくの嫌だし。でも、好きだ。俺、モガちゃんのことが、好きだ。

するとモガちゃんも一緒に、「は・は・は・は・は」と笑い始めた。広くもない店の中で、「は」がひとつ、ふたつと重なっていく。美容師のシンも、OLのルミさんも、全身に刺青《いれずみ》の入ったヒデとトシの兄弟も、アサコもユウスケさんもナカジもミカも、みんな一緒に。

は・は・は・は・は

世界で一番汚くて、世界で一番綺麗なコーラスの音色。

それはとんでもなく、青かった。


「麗《うるわ》しいに美しい」

「え？」

カーテンの隙間から漏れた日の光に反射し、空気中に浮いた埃《ほこり》がぴかぴかしている。

「麗しいに美しい」

ベッドでモガちゃんは目を閉じたまま、うわごとのように繰り返した。まだ酔ってんのかな。きゃははは、と子どもたちの笑い声が外から聞こえてきた。

「名前」

わたしの名前よ。麗しいに美しいで、れみ。そう言って、モガちゃんは寝息を立て始めた。俺は声に出さずに、モガちゃんの本当の名前を繰り返してみる。

麗しいに美しいで、れみ。

就活、しなきゃな。俺はぼんやり天井を見あげてモガちゃんとの将来を想像した。

急に奥歯の付け根が、少しだけ痛んだ。

（パルプ・フィクション）

――いつから僕は、人間じゃなくなったのでしょうか

――全然美味しくないのにまたタバコに火をつけてしまいます。車の赤いテールランプをずっと眺めたりします。何もしていないのに、消耗していくのです

――そして、僕は何で生きてるんだろうなんて、ナチュラルに生きていることを疑いはじめます

――幸せな風景が目の前を通り過ぎていきます。僕のことなんかまるでいないように素通りしていって、それだけのことでまた消耗してしまうのです

——インスタで楽しそうな画像があって「いいね！」を押してみたりします。全然、いいねなんて思ってないのに

——どんなに寝ても眠いのです。寝ているのか、起きているのか、分からなくなることがあります。どうせなら、夢と現実が逆になった方がマシな気がします。そんなことを本気で考えるのです

——誰か僕のことをゼロになるまで綺麗に洗ってください

——いつも弱くて、本当にごめんなさい

「ああ、何でなの。戻ってきて、ねえ目を開けてちょうだいよ」

そんな湿った声が聞こえて僕は意識を取り戻しました。後頭部が異様に光ったお坊さんがモボの遺影に向かって唱《とな》えていたのは、もちろん子守唄ではなくお経でした。そしてそこは、モボの葬儀場だったのです。

「ぬぁーむあーみぃだーんぶー」

という伸びきったリズムに乗って延々繰り返されるフレーズが、仮に、悲しみよりも睡魔を呼び寄せるための呪文だったとしても、友達の葬式でウトウトしてしまったのは不覚でした。そして我ながらショックだったのは、モボが死んだというのにケロッとしている自分がいたことでした。僕はすすり泣く声の響く葬儀場で寝てしまっていたのです。学生の頃だったら、まだちゃんと泣けていたような気がします。

でも、社会人になって、上司に怒鳴られて、周りに気を遣って、得意先にさげたくもない頭をさげる日々を送っているうちに感情の、特に良心を司《つかさど》る場所に張られた琴線《きんせん》がぶちりぶちりと切れていったんだと思います。

言い訳をさせてもらえるとすれば、生前のモボとは大学生の頃の友達で、友達と言っても知り合いと友達の間、四捨五入すれば友達かな、というぐらいの関係性でした。二人でお酒を飲むとか遊ぶとか、そんなことは一度もありませんでした。そもそもモボはあまり外で遊ぶような性格でもなかったのです。

じゃあ何でモボの葬式に僕がいたのかと言うと、これまた大学の頃の友達でいまはテレビ局の報道記者をしているユウスケから、夜中に突然電話がかかってきたのがきっかけでした。

「あのさ、モボって覚えてる？」

「ああ、なんとなくは」

「あいつ、死んだ」

電話を受けた時、僕はまだ残業が終わらずに会社のデスクでうつらうつらしていて、一瞬何のことを言っているのか理解できませんでした。

「しかも、自殺らしいぜ、自分ちで首吊《つ》ってたってさ」

そう聞いて、マジかよ、くらいには驚きましたが、あ、会社休めるかも、と頭によぎった瞬間、残り一本だった良心の琴線は、ぷっつり切れたんだと思います。

まだ記憶に新しいと思いますが、ちょうどその頃、大手広告代理店の新入社員が仕事を苦に飛び降り自殺をしたというタイミングでした。テレビも新聞もネットも、その話題で持ちきりでしたが、まさか身近にそんなできごとが起こるとは思ってもみませんでした。

「モボって何してたんだっけ」

「建設系の会社に入ってたみたい」

「そう……。ユウスケも葬式、行くの？」

と、僕は尋ねました。

「行けないだろうな。お通夜ぐらいは顔出したい気もするけど、え、逆にお前行くの。モボと仲よかったっけ」

ユウスケにそう言われて、僕はとっさに、

「そうでもないけど。大学の同期だし」

と答えていました。

「へえ、意外と友達想いなとこあんのね」

ユウスケの感嘆した声色に僕は少しひるみました。曲がりなりにも友達だったモボの死を、ありていに言えば会社をサボるチャンスだと喜んでいる自分ってさすがにどうなんだろう。そんなことを考えながらも、僕はユウスケに葬式の日時と場所を聞いていました。お通夜では、会社を休めませんから。

会社の部長には、小学校からの幼なじみかつ、大親友が亡くなった。ずっと家族ぐるみの付き合いで、もはや家族が死んだのと同等の悲しみを抱いている。なので葬儀の日くらいは、一日喪に服したい。という旨のメールを送りました。そんな真っ赤な嘘を面と向かって言えるほどの度胸はさすがにありませんでした。

どんなリアクションが返ってくるかびくびくしましたが、

【了解。しっかり見送ってあげてください】

という返信が来てホッとしました。そういえば部長の父親もその年のはじめに亡くなっていたことを、僕は葬儀場に向かう電車の中で思い出しました。スマホで調べた作法通りにお焼香を済ませると、最前列に座っていた、泣きはらした顔の女性に「お友達の方ですか」と声をかけられました。

「は、はい」

そう答えると女性は、

「顔を、見てやってくれませんか」

と言いました。どきりとしました。

正直、モボの死に顔なんて一ミリも見たくはありませんでした。でもマナーとして、こういうときに断っていいのかまでは、スマホで調べていませんでした。自分の詰めの甘さに後悔しながら、なぜか僕は、

「あ、ありがとうございます」

と言っていました。

うまく笑えていないモボの遺影は、卒業する一ヵ月前に、大学の同期二十人くらいで何となく催《もよお》した高尾山小旅行ツアーで撮った写真をトリミングしたものでした。モボの遺影を囲んだ外枠から、四、五人隔《へだ》てたところで、当時の僕はたしかピースをし

て写っていたと思います。

仕方なく僕は、もう二度と目を開けることのないモボが眠っている箱に近づきました。ぱかっと両開《びら》きに開《あ》いた棺桶《かんおけ》の小窓から見えるモボの顔は、いつかお台場のショッピングモールで見た蠟人形《ろうにんぎょう》のようでした。蠟人形が人間のように見える、というのが本来正しいのですが、そのときはなぜか逆転して見えたのです。

見ないように、見ないようにと言い聞かせても僕の視線は卑しくて、ついモボの首元に目がいってしまいます。

「ちなみに、モボが首吊って自殺したってのは内緒な。俺、いま報道記者やってるから、お前に話したのバレたらやべーのよ」

そう言って一方的に切られたユウスケの言葉を思い出しました。ユウスケも、悪気があって電話をしてきたわけではないのです。たぶん、ひとりでは抱えきれなかったんだと思います。なぜなら、彼が一番、モボと仲がよかったんですから。

結果として、首を吊った跡らしきものは見えませんでした。化粧か何かで隠していたんでしょう。当然と言えば当然のことでした。安心したような、どこか期待はずれのような、何とも言えない気持ちで改めて手を合わせようとした、そのときでした。

「帰りなさいよっ」

僕の空虚な合掌をぶち壊す、甲高い声が式場中に響き渡りました。

はっと振り返ると、さっきの女性が二人組の中年男性の肩を左右の手で引っ掴んで、激しく前後に揺らしていました。

「何なの、帰ってよっ、どのツラさげて来たのよ。呼んでもないのに来るんじゃないわよっ」

修羅場でした。二人組の中年男性が頭をさげようとするのを、女性は必死に遮《さえぎ》ろうとしていました。頭なんてさげさせない。さげるだけでは、済ませない。嗚咽《おえつ》を漏らしながら、女性はきれぎれにそう叫んでいました。

「も、も、申し訳ございません、しかし、我々はお母様に、どうしてもお悔《く》やみ申しあげたく」

やっぱりあの女性が、モボの母親だったのか。

そんなことを僕はぼんやり思いました。

「何がお悔やみよ、やめてよ、死んでよ、あんたたちが死んで悔やみなさいよっっ」

「あの、いや、すみません、お母様、ちょっ、あ、い、痛い」

数珠のかかった手でバシバシ平手打ちをくらわせ続けるモボの母親を、さすがに見かねた周囲が止めに入りました。

「離してよっ、しゃあしゃあとよく来れたわね。ちょっ、離しなさいよっ、悔しくないの、あんたが、あんたが殴って欲しいくらいよっ」

僕は合わせた手の行き場に困ってしまいました。とりあえずモボの遺影に向き直って、目をつむるしかありませんでした。お坊さんの念仏もさすがに止まって、静まり返った式場に、モボの母親の声だけがしばらく響いていました。

「とにかく帰ってよっ、あなたたちに息子の供養をされる筋合いはないわっ」

瞼《まぶた》の裏で、必死に僕は背後の状況を想像しました。モボの母親の乱れた息。「で、出直します」という声と、遠ざかる二人分の足音。周囲の慰めの言葉。

「ぬぁ——む、あぁ——みぃ、だ——ん、ぶ——ぅ」

気を取り直すように再び響き始めた念仏を合図に、やっと僕は瞼を開けてモボに向かって頭をさげました。そしてできるだけモボの母親を視界に入れないよう早足で後方に戻ると、もと座っていたパイプ椅子に腰をおろしました。しばらくの間、どくどくと激しく鳴った鼓動が収まらずに、眠気もどこかへ行ってしまいました。

もはや呼吸困難になるんじゃないかぐらいにひときわ伸びきった、

「ぬぁ———む、あぁ———みぃ、だ————ん、ぶ————ぅ」

というフレーズを唱えると、それがフィナーレだったのでしょう。お坊さんは遺族の方に向き直って、このたびは云々《うんぬん》かんぬん、心より云々かんぬん、とお悔やみの言葉らしきものを話し始めました。もういいよねと、僕は誰に確認するでもなくひとりごちると、こっそりと席を立って、自分の影に隠れるようにモボの葬儀場から逃げ出しました。

本当は、葬式から抜け出した後に、誰か知り合いの女の子でも誘って遊びに行こうと思っていたのです。でもさすがにそんな気分にはなれませんでした。かと言って家に帰るのも、もったいない気がしました。僕は適当に見つけた二十四時間営業しているチェーンの居酒屋でひとり酒を飲んで、夕方を過ぎる頃にはべろべろに酔っ払ってしまいました。お酒を飲まないと、やりきれなかったんだと思います。

モボのことは、それからしばらく忘れていました。いや、翌日二日酔いで出社して、吐きそうになりながらパソコンに向かっているときに、モボの葬式に行ったせいだ、的なことはちらっと思ったかもしれません。でも、その程度です。別れた彼女や、いつか食べた夕飯と同じように、モボが死んだことも記憶の瓦礫《がれき》の中で埋もれていく、はずでした。

モボのことを思い出したのは、それからしばらく経ってからです。

その日も僕は、会社の先輩から雑に振られた仕事を徹夜でこなして、会議室の椅子でうとうとしながら朝のニュース番組を眺めていました。大手広告代理店の新入社員が自殺したニュースはいつの間にか報道されなくなって、代わりに北朝鮮がミサイルを発射したとか、アメリカの大統領が替わったとかいう新たな話題に世の中の関心が向き始めた頃でした。

「息子は、会社に殺されたんです」

画面の中で無数のフラッシュに晒《さら》されながら、モボの母親が訴えていました。

「こんな悲劇は繰り返してほしくないんです。過剰な労働は命の搾取《さくしゅ》です、人生の搾取です。そんなに働くことは偉いんでしょうか。この国は、息子を殺したあの会社は、狂ってるんです」

そう訴えるモボの母親は、葬式のとき壇上にあったモボの遺影を両手で抱えていました。死んでから、日本中に「仕事を苦にして自殺した」なんて報じられるモボが、ちょっとかわいそうな気もしました。それに、モボの自殺は内緒だったはずでした。まあとっくにネットでは【大手広告代理店に続いて、建設会社でも若手社員自殺か】という記事の見出しが躍っていたので、それなら隠すよりも世の中に訴えようとモボの母親は考えたのかもしれません。

喫煙室でタバコを一本吸うと、僕は自分のデスクに戻りました。まだその日にある会議の準備が残っていました。徹夜明けにひとりでオフィスにいると、このままずっと誰も来なければいいのになんて、叶うはずもないことをよく考えました。

どこも内定をもらえずに何とか滑《すべ》り込んだ、全く興味のない家具を扱う小さな会社で働く毎日は正直虚《むな》しいものがありました。だからと言って、転職活動をする時間もなければ具体的な方法も知らなかった僕は、目の前の状況を変える術《すべ》も能力も持っていませんでした。

それに、どうせやりたいことをやって生きていけるひとなんてほんのひと握りで、自分はそれ以外の人間なのだという諦めが心の底に流れていました。だから夢とか希望とか、そんなものを抱くなんて無駄というか、逆に辛くなるだけだと思っていたのです。仕事で疲れていると、いつもこんな堂々めぐりがはじまって、でも答えが出ないのは分かっているので、必死にパソコンにかじりついて仕事をこなす。僕の毎日は大体そんな感じでした。

午前九時を回ってしばらく経ってから、先輩であるコダマが出社してきました。

「おはようございます」

という僕の挨拶なんか無視して、コダマはひとつ隔てたデスクに座ると無言でパソコンの電源を入れました。挨拶を無視されるのはいつものことでした。というか、仕事を振ってくるとき以外に、コダマが僕に話しかけてくることなんかありませんでした。僕は静かに深呼吸して気を取り直すと、再びパソコンに向き直って、ただひたすらエクセルに数字を打ち込んでいくのに集中することにしました。

「おい」

コダマの声がしました。いつものいらついた声色でした。

「はい」

「おい」

「はい」

「おい」

全然意味が分からず、「おい」の数だけ僕が「はい」と返事をしていると、

「窓」

呆れたように吐き捨てたコダマのその日初めての名詞で、やっと意味が分かりました。窓のブラインドをあげ忘れていたのです。何で「窓」っていう一言が言えないかね、「おい」も「まど」も同じ二文字じゃん。そう思いながら、僕は慌ててブライン

ドをあげてデスクに戻りました。すると、

「お前のできるほとんど一個しかねえ仕事だろうがよ。そんぐらいやれよ」

コダマはパソコンに向かったまま、腹立たし気にそう呟きました。あまりにカチンときた僕は、あんたから「これやっとけ」と振られた仕事のせいでこっちは徹夜してんだよ、一個しか仕事できるキャパないとか思うならブラインドあげ以外に仕事振ってくんなよな。なんて怒鳴りたかったのですが、そんな勇気あるはずもありません。

「すみませんでした」

そうしおらしく謝って、せめてもの復讐に【コダマのこといつか殺す】と数字の代わり、セルに打ち込んでやりました。ざまあ見ろという気持ちでした。

それが、コダマへの精一杯の抵抗でした。

どれほど僕が小さい人間かが分かると思います。そして、もしジーニーみたいなランプの精が現れて三つの願いを叶えてくれるとしたら、一つめの願いはコダマのことを地球上から消し去るということに決めました。

基本的に会社のひとたちは嫌いでしたが、ひとりだけ好きな先輩もいました。入社一年目のときにとなりのデスクに座っていた村中《むらなか》さんという先輩です。

「もうさ、ひっく、転職しかねえよ。そうだろ」

ナンパの聖地として名高い恵比寿《えびす》横丁という通りにある店に呼び出されて、僕はしゃっくりの止まらない村中さんに絡まれていました。村中さんはすでにどこかで飲んでいたようでした。頬《ほお》は赤らんで、目はすっかり蕩けていました。

「家具なんてさ、もう時代遅れなんだよ、ひっく。もっと楽しいこと、したいよな、ひっく」

たまに店先を通り過ぎて行くＯＬやキャバ嬢や女子大生なんかを品定めしながら、村中さんは焼酎《しょうちゅう》を舐めて、

「だめだ」

と呟きました。通り過ぎて行った女のひとがだめなのか、仕事がだめなのかよく分からないまま、

「ですねぇ」

とあいづちを打って、僕はハイボールを飲んでいました。強めの炭酸が喉を潤《うるお》しながら、しゅわしゅわと胃に溶けていきました。いつか僕も、あの頃の村中さんのように、焼酎をちびちび飲めるようになるんでしょうか。ちなみに僕はいまだに、焼酎の

味が分かりません。

「しっかし転職しようにも、ひっく、手に職がないよな。俺なんか大学出たわけでもないしさ、ひっく。そういう意味ではお前がうらやましいよ」

「大学出ても、就職先がいいとは限りませんけどね」

「ひっく、まあそうだな。お前だって結局、高卒の俺と同じ会社に、ひっく、いるわけだしな」

そう言って、村中さんは洟《はな》をすすりました。

「さっきまでさ、グーグルとかフェイスブックとかのエンジニアたちと、ひっく、飲んでたんだよ。ひっく、高校の同級生が、いつの間にかグーグルのエンジニアになっててさ、ひっく、あいつらはすげぇよ。わけわかんない数式打ち込んでよ、元手ゼロだぜ、ひっく、家具なんて原価高えし、そんな売れねえっつうの。俺なんて営業しかやったことないし、手に職がなぁ、なあ？」

そうですねぇ、とあいづちを打とうとして、村中さんの顔が僕ではなく、薄っぺらいメニュー一枚を間仕切りに隣に座っていた二人組の若い女の子に向いているのに気づきました。女も不意を突かれたようでした。その証拠に、

「そ、そうですね」

と、ついその若い女はお通しのキャベツを一枚箸で摑んだまま答えていたのです。

「だろ、そう思うよな」

そこからは怒濤《どとう》の攻め込みでした。

「ところできみは、大学生？」「どこ大？」「就活中なの？」「彼氏は？」「それ何飲んでんの？」

さすがとしか言いようがありませんでした。いつの間にか、あんなに激しかったしゃっくりも止まっていました。僕なんか、見ず知らずのひとに話しかけるだけでもどぎまぎしてしまって、たとえそれが先輩からの命令であっても無理です。

僕はその間、村中さんが攻め込んでいる女と対面の、つまり僕のとなりに座っていた女の顔を見ないように俯いてハイボールを飲んだり、スマホをいじったりして息を潜めていました。村中さんのとなりの女は質問に答えるのがやっとの様子で、そうこうしているうちに乾杯までさせられていました。

それから、あまり時間はかかりませんでした。

「おい、いくぞ」

そう村中さんに声をかけられたときには、四人で近くのカラオケに行くことになっていました。

「ところでさ、名前何て言うの」

道すがら、村中さんは女に尋ねました。そうなのです。もうすぐカラオケに着くというのに、村中さんは名前すら聞いてなかったのです。もはや催眠術師並みのナンパテクニックでした。

「サオリって言います」

村中さんのとなりに座っていた女は、遠慮がちに答えました。白いキャミソールのうえに赤いカーディガンを羽織った服装は、正直好みでした。

「きみは？」

「ユッコ」

もうひとりの女は打って変わって、つんと答えました。つん、なのに名前はユッコと自己紹介をするその女のテンションを、僕は測りかねました。率直に言うと、苦手だな、と思いました。それよりおしとやかで、しかも取っつきやすそうな雰囲気のサオリの方が断然可愛らしいと思いました。そんな、僕の安易な考えはすぐに打ち砕かれることとなるのですが。

カラオケボックスに入って村中さんがテキーラを二、三杯飲ませると、サオリは見事に豹変しました。まず、マイクを握って離しません。あんまりぎゃあぎゃあシャウトし続けるので、僕はたまらなくなりました。

「そこシャウトするとこじゃないよ」

そう控えめに訴えると、

「うるさい！」

と受付に繋がっている電話を引っ摑みました。

「赤ワインデキャンタで！」

サオリはガシャンと勢いよく受話器を叩きつけて、

「酒が足りないから、そんな甘っちょろいこと言ってんだ！」

そう叫んだかと思うと、運ばれてきた赤ワインを嬉しそうになみなみグラスに注いで、僕と村中さんに無理やり一気飲みをさせます。そして「ばばばば」と悪魔の笑い声をあげながら、自分はデキャンタに残ったワインをごくごく飲み干すのです。

サオリが無数に入れた宇多田《うただ》ヒカルの曲は、彼女のシャウトで無残にかき消されて、もしそれがGReeeeN《グリーン》であっても国歌斉唱であっても関係ないぐらいに陵《りょう》辱《じょく》されていました。

帰りてえ。心底そう思いながら、ユッコの短いデニムパンツから伸びた小麦色の脚を見ないよう昭和調の映像が流れる画面を眺めていると、いきなりスピーカーから

「おえ」という声が響き渡りました。

「おお、おえ、おえええええええっ」

凄まじい光景でした。視線の先で、村中さんの白いワイシャツが真っ赤に染まっていました。その頭上で、スニーカーをはいたままソファに突っ立ったサオリが、マイクを握り締めて吐き続けているのです。村中さんはただ呆然と、滝に打たれる修行僧のように固まっていました。

阿鼻叫喚《あびきょうかん》の図とはこのことで、鼻を突く酸っぱい臭いが狭い部屋を一気に満たして、僕まで吐いてしまいそうでした。カラオケボックスに入るなり、得意げにエコーとマイクの音量を調整していた村中さんが恨めしくて仕方がありませんでした。

「じゃ、うち帰るから」

サオリがマーライオンに化けた途端、さっさとハンドバッグを持って部屋を出て行ったユッコの鮮やかな去りぎわに見とれている場合ではありませんでした。僕はとりあえずカバンからペットボトルを取り出して、サオリに水を飲ませました。まだ呆然としていた村中さんの顔をおしぼりで拭《ぬぐ》うと、我にかえったのか「俺らも出るぞ」とようやく声を発しました。

「お前は先に会計済ましといて。俺はこの女連れ出すから、店員にゲロがバレる前に出て行くぞ」

さすがは百戦錬磨の村中さんでした。吐きつくして抜け殻のようになったサオリの体を手ぎわよく担《かつ》ぐと、村中さんは自分とサオリの荷物を持って、エレベーターで階下に降りて行きました。

僕も急いで会計を済ませて外に出たのですが、ふたりの姿が見つかりません。何度も村中さんに電話してみたのですが、結局繋がることはありませんでした。それから一週間くらいして、村中さんが会社を辞めて九州にある実家に戻り、梨農家を継いだという噂を耳にしました。

すみません。話が逸《そ》れてしまいました。でも僕にとっては、とても楽しくて、かけがえのない思い出なのです。


その日もいつもどおり、きっかり十時から始まった会議で「我が社には、いまこそ明確なビジョンが必要です。みなさんからのビジョンを、それがたとえ間違っていても、まったく構いません。私に提案してください」と言って、部長は一週間の総括を締めくくりました。ちなみに入社してから一度も、僕は部長からビジョンめいた発言を聞いたことはありませんでした。自分にないからこそ、周囲にビジョンを求めていたのかもしれませんが。

　部長総括の後は、各エリアの店舗担当者が順番に近況を報告していきます。先週と何ら代わり映えのしない売上げを、担当者十数人がひとりずつ手を替え品を替えて微妙に違う表現で報告するのです。売上げがどうあれ、内容なんてなくてもいいから、とりあえず五分以上喋ることが大事だから覚えとけよ。入社してこの部に配属されたすぐの頃、村中さんは小声で教えてくれました。そのくせ村中さんはいつも、

「先週と変わらずです」

　とか、

「売上げが下がってます」

という風に簡潔な報告しかしていませんでした。僕は村中さんのそういうところに憧《あこが》れていたのかもしれません。

　退屈な時間というのは、とにかく眠くなるものです。特にその日はコダマから指示された資料を完成させるために徹夜していましたし、いつ居眠りをしてもおかしくはありませんでした。それに、この場にいる誰も、どうせ僕がつくった資料なんかろくに見てはいないのです。

「では他社の商品報告会に移りますが、いかがで」

会議の進行役の課長が、しょう、まで言い終わらないうちに、方々から一斉に手があがりました。この小さな会社と違って、大手の家具メーカーはひっきりなしに新商品をリリースしていきます。そういう新商品の情報とか、同業他社の販売計画なんかを調べて報告するのは、下がることはあってもあがることなんてほとんどない担当店舗の売上げ報告よりも、よっぽど自分が働いていることをアピールできるのです。入社したときに一度だけ入ったことのある社長室の額縁に飾られた「創造力」という、下手くそなのか達筆なのか分からない文字とは真逆の社風でした。

突然、

「おい」

という声がして、僕の名前が呼ばれました。声のした方に顔を向けると報告の途中なのか、終わった後なのか、コダマが立ったまま僕のことを見ていました。

「何きょろきょろしてんの、お前だよ」

ついつい居眠りしてしまったことについて、怒られるんだろうと思いました。するとコダマは僕の予想に反して、

「お前、最近何の新商品の報告もないけど、何やってんの」

と言いました。急にこのひとは、何を言ってるんだろう。コダマが会議で報告するための新商品の資料を徹夜してつくったのは、僕なのです。会議室の全方位から、たくさんの好奇の目が僕のことを見ていました。じわっと全身の毛穴が開いて、嫌な汗が噴き出してきました。

「機械みたいなんだよ、お前の仕事の仕方は。言われたことやっても、それ以上がないんだよ。言われたことしかやらないってことなんだよな。それ、さすがに最低限過ぎるでしょ。だからゆとりは困るんだよなぁ」

ゆとりという言葉が、妙に耳に残りました。コダマは、ほぼ毎週自分の資料を僕につくらせることについて、何の疑いもないのでしょうか。それとも、自分が僕くらいの年次のときは同じようなことをやってたんだよ、とでも思っているのでしょうか。何も言い返せないくせに神経だけは鋭くなって、会議室中に満ちた失笑の表情が、僕の視界を歪《ゆが》ませていきました。

「まあ、そこらへんにしとけよ」

課長がそう言って遮らなかったら、僕が泣き出すか発狂するまで、きっとコダマはまくし立てていたでしょう。

「じゃあ今日はこんなところで。また来週も同じ時間な、解散」

部長が立ちあがると、それに続いてみんなぞろぞろ会議室を出て行きました。

僕だけひとり残って、空になったペットボトルや乱雑に置き捨てられた資料を片付けるためひとところにまとめていた、そのときです。先月分のソファ在庫推移表が目に留まりました。猛烈な睡魔と闘いながら、つくりあげた力作でした。商品名、商品番号、それに一日ごとの在庫の推移を表した折れ線グラフ。その隅に、ある一文が印字されていたのです。

【コダマのこといつか殺す】

大げさではなく、目眩《めまい》がしました。そうなのです。その日の朝、コダマへの腹いせに打った文章を、僕は消し忘れていたのです。会議で配ったすべての表に、僕の心の声がくっきりと印字されていたのでした。やらかした。いや、やらかしたというレベルではありません。自分ではあまり本音を言わないタイプだと思っていましたが、知らない間に、僕は無言のまま高らかに宣誓していたのです。

「コダマのこといつか殺す」

声に出して、読みあげてみました。そして、シュレッダーなんかいらないくらい、僕はそのA3用紙を執拗に、何度も、何度も、何度も、細かく破りました。締め切った会議室で、ずずずと、うどんをすするような音が虚しく鳴りました。

お酒は飲んでいませんでしたが、酔い覚ましのような気持ちで意味もなく長い距離を歩きました。行き交うひと波の流れに紛れて、ゆっくり坂を下っていくと、渋谷まで来ていました。

駅前を再開発しているけたたましい工事の音が迫ってきました。砂利を押し固めたアスファルトをもっときめ細かで硬質なドリルで、ガ・ガ・ガと砕いて掘り進んでいくざらついた音が鼓膜を揺らしました。空中に張り巡らされた歩道橋のうえから、暗渠《あんきょ》だった渋谷川の蓋《ふた》が開いているのが見えます。歩道橋のへりに肘《ひじ》をついてそれをしばらく眺めていたら、声をかけられました。

「あなた、大丈夫ですか」

警官が、怪訝な目をして僕を見ていました。往来する歩行者たちの視線が一斉に集まって、その瞬間工事の音もひとの声もすべてなくなって、静寂が僕を包みました。

「ああいえ、はい大丈夫です」

やっとそれだけ返事をして、小走りでその場を離れました。

歩道橋の階段をおりると運よく信号は青で、僕はそのままのスピードを保ってスクランブル交差点を渡りました。逃げ込むように入ったセンター街のマクドナルドで、食べたくもないのに注文したチキンナゲットを齧《かじ》りながら考えました。

警官は、何について大丈夫かと訊いたのか。僕は一体、何が大丈夫なのか。もしランプの精が現れて、三つの願いを叶えてくれるとしたら、二つめの願いは会社ごと地球から跡形もなく消し去るということに決めました。モボは会社を消す前に、自分自身を消してしまいましたが。

あ、そっか。僕は気づきました。ランプの精なんて現れなくても、僕が会社を辞めればいいのか。モボは会社を辞める前に、生きることをやめてしまったけど。そう、この頃からです。モボのことをよく考えるようになったのは。

会社を辞めてから、何もしないということは、何もしないということをすることなのだと知りました。

明るいうちに外に出るのだけでも、億劫になりました。暗く、誰もいなくなった公園のベンチに座って、うっすらとオレンジ色の滲《にじ》む夜空に星を探しました。

朝方にテレビでやっている占いランキングで、自分の星座が一位だったのに何もいいことがなかったりすると、ああこれが僕の人生のマックスなのか、と思ってしまってそれだけで泣きそうになりました。

そうやって気が沈むと、僕はモボのことを考えるのでした。死のうという考えが空想から現実にあふれた瞬間、モボはそこに何を見つけたんだろう、とか、ためらいはなかったのかな、とか、最後に見た景色はどんなだったのかな、とかそういうことを。僕はモボに会いたいと思いました。会って話してみたいと思いました。

会いたいときに、会えないひとこそ、絶対大事にすべきなのだとか、そんな誰でも思いつきそうな言葉が頭に浮かびました。

約束の時間から三十分経った頃、やっとユウスケからＬＩＮＥが来ました。

【あと十分でつく、ごめん！】【めっちゃ道こんでて】【もう店いる？】

むしろ僕は、約束の五分前から店に着いていました。

【いるよ】【はよ酒飲みたい】【ダッシュでよろ】

すぐに既読マークがついて、

【おけ！　まじ悪い！】

とユウスケから返信がきたのを確認して、僕はまたタバコに火をつけました。すう、はああ、もわもわ。鼻の穴から煙が逃げていきます。ガラス製の灰皿の中で、タバコの吸殻は死屍累々《ししるいるい》の山を築いていました。そしてふと、それが自分と重なって見えたのです。もし、もう一度火をつけたとしても、しょせんもみ消されたタバコはシケモクでしかなくて、同じようにこんな僕がどう頑張ったところで、結局はシケモクなのです。自分がシケモクになってしまったことを、僕はまだ親に伝えられないでいました。

がらがら、と入り口の引き戸が開いて、

「お待ちのお客様でーす！」

という店員の声がしました。ユウスケは、

「悪い、取材長引いちゃってさ」

なんて言いながら席に座るなり、

「なま、ください」

と注文しました。

渡されたおしぼりで気持ちよさそうに顔を拭い、

「ぶはーっ」

と大げさに唸ってからようやく、

「あ、すまん。注文待っててくれたのか」

そう言って、僕の目の前にお酒がないことに気づいたようでした。僕は「全然大丈夫」と言いながらハイボールを注文しました。その後ふたりで乾杯すると、ユウスケはごくごく喉を鳴らして、ひと息にジョッキの半分くらいまで飲んでしまいました。

「やべー、うめー！」

「ほんと、うまそうに飲むね」

「や、ほんとにうめえからさ」

そう言いながら、ネクタイを緩めてジャケットを脱ぐユウスケを見ていると、働くってこういうことだったっけな、なんて変な懐かしさを覚えました。きっと僕は、こういうことから逃げたのだと思いました。これから先、何らかの達成感を味わいながらお酒を飲むことなんてないんだろうな、と思うと少し寂しい気持ちになりました。

「すみませーん、おかわり。あとポテトフライください」

早速一杯目のビールを飲み終えたユウスケは、

「この店のポテフラ、まじで絶品だから」

と言って笑いました。

「で、どうだった？　モボの葬式」

「んー、眠かったな。あと修羅場に巻き込まれて焦った」

運ばれてきたポテトフライを頬張りながら、僕はモボの葬式であったできごとをこと細かに話しました。

「うわ、それはたしかに辛いわ。モボのお母さんの気持ちも分からんでもないけど」

「にしてもさ、このタイミングかよって感じだったよ」

「まあな。でもそれ言ったら俺なんてまさに、悲しみの絶頂にいるひとにマイクとカメラ向けて、いまのお気持ちは？　なんて聞くのが仕事だったりするからさ。いまのお気持ちは、なんて決まってんじゃんな」

テレビ局に内定した当時、ユウスケはわざわざ大学の学食まで内定証書を持ってきて「俺は将来こってこてに感動する恋愛ドラマをつくって可愛い女優とやりまくるんだ」と息巻いていたことを思い出しました。当たり前ですが、いつも能天気に見えるユウスケはユウスケで、悩みごとはあるのでしょう。となりの席でいちゃいちゃしているカップルも、魚をさばいているこの店の店員も、どこかの国の大統領も、ミュージシャンも、みんな悩みながら生きているのでしょう。

いまさらそんなことを思いながら、僕は二杯目のハイボールを注文しました。

「しっかしお前が会社辞めたって言うからまじでびっくりしたわ。何、モボの葬式出てなんか変わったとか？」

「そういうわけじゃないんだけどさ。何で自分はやりたくもない仕事を死にそうになりながらやってんだろう、とかは思ったけど」

「まあねえ、使われるときはいっつも若手扱いでさ、怒られるときは逆に何年働いてんだって。都合だけはいいもんな、うえのやつらは」

「どこもそうなんだね。うちもそんな感じだったわ」

「な、ゆとりだの平成生まれはどうだの、うぜえよな。昭和に生まれたからえらいのかよって感じでさ。俺らの方がよっぽどパワハラもセクハラもしないし、ひととしてマシな気がすんだけど」

ユウスケは残りひとつになったポテトフライを平らげると、おかわり頼んでいい、いいよな、と僕の意見は関係なく、もはや宣言的な注文の仕方でポテトフライを追加しました。

「どんだけ芋食うの、そんな食べてたらソラニン星人になっちゃうよ」

「ソラニン星人って何だよ」

ははは、とユウスケは笑って、いかにもついでにという感じで言いました。

「あのさ、こういう考え方もあると思うんだ。お前は仕事を辞めれた分、強い人間だった、みたいな」

僕のどこが強い人間なのでしょうか。毎日毎日、上司や先輩に怒鳴られて、寝る時間も惜しんで働いて、満員電車のつり革に掴まりながら踏ん張っているひとたちの方が、例えばユウスケの方が、よっぽど強い人間です。しかしそんなことを、面と向かってユウスケに言うのは何となく恥ずかしくて、僕は「逃げただけだよ」とだけ言いました。

僕だって本当は、シケモクなんかになりたくなかったのです。逃げ出したのは自分のくせに、いまさらユウスケのことを羨ましいとか、あのとき踏ん張っていたら、とかそんなことを考えて、たまらなくなるのです。

「逃げれるってのが、強いってことさ」

ユウスケはもう一度そう呟くと、気を取り直すように、

「仕事辞めて、何か変わった？」

と言いました。変わったことは、山ほどありました。むしろ変わっていないのは家賃ぐらいのもので、もともとそんなになかった口座の残高は減る一方、このままで大丈夫なのかな、とか思うくせして、バイトをする気すら起きないのです。一丁前に、漠然とした不安だけが常にこびりついて離れません。どうしようどうしよう、そう思っているうちに今日が終わってしまいます。どうせだったら、生きるのをやめてしまった方が楽なのではないかとさえ、考えるのです。

でも、そんなことをユウスケに言っても仕方がありません。だから僕は、「モボのことをよく思い出すようになった」

と言いました。

「モボって死ぬ前何考えてたんだろうとか、彼女いたのかな、いたらもう次の彼氏できたのかな、とか、そんなん、考える。生きてたとき全然仲よくもなかったのに、変だよね。てか、ずるいよね。生きてたときのモボのことなんて、ほとんど俺は知らないのにさ」

僕はそう言って、自分を誤魔化すために、はは、と笑いました。きっと酔っ払っていたんだと思います。

ユウスケは腕を組んでちょっと黙り、思い出したようにぽつりと呟きました。

「相手が死んでから距離が縮まるってことも、あると思う」

「。」も「、」も「・」もない日々が、だらだらと続いていました。誰も区切りをつけてくれないのなら、自分で区切りをつけないといけないのかな。そんなことを、ぼんやり思っていました。その頃、僕はあてもなく色んな街を歩いていました。いま考えると、何かを探していたのだと思います。もしかすると、その「何か」を、モボは見つけただけなのかもしれません。

駅に向かおうと、僕は新宿アルタ前の交差点で信号待ちをしていました。もう夏は過ぎたというのに暑い日が続いていました。

おい

それは、どこかで聞いたことのある声でした。

おい

二回目の「おい」は一回目の「おい」よりも直線的で、氷の粒が背中を滑っていったような気がしました。僕はおそるおそる、視線で声のもとをたどっていきました。アスファルト、そのうえに焼きつけられた横断歩道、を横切る黒いスポーツカー、の次に白いバン、の先の褐色のダンプ、そのもっと先。くっきりと、そいつはいました。スーツ姿のコダマが、交差点を隔てて立っていました。

コダマは信号待ちをしているひとびとが振り向くほどの声で、僕の名前を呼び続けていました。

おい、おい、おい、おい

あんなに騒がしかったはずの新宿の街は急に音を失って、代わりにコダマの声だけが大きくなっていきます。

おい、おい、おい、おい、おい、おい、おい、おい、おい

「ピッポー、ピッポー、信号が青になりました」

呑気《のんき》な信号のアナウンスが流れて、やっと僕は我にかえりました。横断歩道を、見たこともない大きなひと波が塊になって、一斉に迫ってきます。その先頭に、コダマの姿がありました。どうにか踵《きびす》をかえして、僕は歌舞伎町へと走り出しました。途中、ぶつかって怒声を浴びました。それが、コダマの声と重なりました。

僕は走りました。もっともっと、走りました。赤信号のまま靖国《やすくに》通りを渡ろうとし

て、クラクションがけたたましく鳴りました。それでも僕は、走りました。いっそのこと、轢《ひ》かれてもいいとさえ思いました。

昔は小学校だったらしい建物の裏にある路地まで来て、やっと足が止まりました。膝に手をついた瞬間、全身から汗が吹き出てきました。ひゅー、ひゅー、と肺の奥から変な音が聞こえました。もう大丈夫と自分に言い聞かせて、僕はタバコに火をつけようとしました。しかし、手が震えて中々つきません。

何度目でしょうか。やっとライターの火打ち石がスパークして、着火口から火が吹き出たその瞬間でした。

「ぼかわぁぁぁぁん」

視界にノイズが走りました。目の前で、火柱が立っていました。あたりにいたひとびとは一様にのけぞって、赤々と上空に上がる火柱を呆然と見ていました。僕はパニックになりました。一瞬、自分が火をつけたのかと思ったほどです。もちろんそんなわけはありませんでした。火柱のすぐ脇の方から、すうっと人影が走り去ろうとするのが見えました。

そのとき、自分がとった行動が謎でした。何をどう思ったのか、僕は走り去ろうとする背中を、追いかけていたのです。

「あいつだ、あいつだ、あいつが犯人だ！」

そう叫びながら、僕はズボンの尻ポケットからスマホを取り出し、動画を撮影していました。

「止まれよ！」「ねえ、止まってくれよ！」「お願いだから！」

僕は憑《つ》かれたように叫びながら、どんどん遠ざかっていく背中を必死に追いました。正義感に突き動かされたわけでも、たぶん犯人を捕まえたかったわけでもありませんでした。

いつの間にか、僕はもといた靖国通りまで走ってきていて、そこで背中を見失ってしまいました。立ち止まってはじめて、自分が泣いていることに気がつきました。なぜ泣いているのか、意識の底にうずくまっている自分に聞いてみても理由は分かりませんでした。ただ、止めどなく涙が溢れてくるだけでした。

その夜、家でぼんやりテレビのチャンネルをザッピングしていると、マイクを握り締めたユウスケが映っていました。スタジオにいる女性キャスターがワイプの中から、さっきまで僕がいた場所に立っているユウスケに、

「この東京のど真ん中で放火事件、一体何があったというのでしょうか」

と、問いかけました。ユウスケが神妙な顔をして、

「分かりません。ただあるのは見るも無残に灰と化した、ホームレスの方が暮らしていた住居の跡だけです」

そう言うと、

「それでは次のニュースです」

と呆気なく何とかという女優の熱愛報道に切り替わりました。

僕はベッドに寝転んで、あらためて動画を再生しました。ぶれぶれの画面の中で「あいつだ、あいつだ！」と必死に叫ぶ僕の声が、悲しく響いていました。

あいつだ、あいつだ、止まれよ、ねえ、止まってくれよ、お願いだから。

ちょうど十回目の再生で動画が始まってすぐ、ワンフレームにも満たない一瞬、立ち昇った火柱を見あげる男の顔が映っていたことに気づきました。それは間違いなく僕が追いかけた背中の主で、その表情を見つめているうちに、何であのとき自分がこの男を泣きながら追いかけたのか、腑に落ちました。そして、この動画をユウスケに送ることを思いついたのです。

ユウスケ宛てのＬＩＮＥに、その動画をアップし終わった後、

【なんかさ、この放火したやつの気持ちが分かるような気がする】

と、そこまでメッセージを打って、送らずに消しました。


「ほんっと、お前のおかげだよ」

ユウスケは電話の向こうで、何回も同じ台詞《せりふ》を繰り返していました。僕がユウスケに送った動画、それが新宿で起きた放火事件で唯一犯人らしき人物が映っていた映像だったようで、ユウスケはスクープ激励賞というものを会社から授与されて偉いひとに褒められ金一封までもらったというのです。その代わり、

「あいつだ、あいつだ！」

なんて無様に叫び続ける僕の声とぶれぶれの動画が、公共の電波にのって日本全国に流れたわけですが。

「事件が起きたら朝でも夜中でも、彼女といたとしても現場に行って取材してんのにさ。正直俺なんか何もしてないことでこんなに褒められるんだもんなぁ」

カチッと、ユウスケがライターでタバコに火をつける音が聞こえました。

「何だよ、嬉しくないの？」

僕はわざと、意地悪く言いました。

「いやさ、そのぐらい今回はお前のおかげってことだよ」

そう言って、ユウスケは笑いました。

「ついてはだな」

「お、何かおごってくれんの」

「どっか遊び行かないか。旅行とか」

「どっかって、どこに」

「どっかはどっかだよ。お前、行きたいとこないの？」

突然のユウスケの提案に、困ってしまいました。

「うーん。京都とか？」

僕が何の気なしに、そう言うと、

「京都か。よし、行こうぜ」

と、ユウスケは簡単に僕の案にのってきました。

「で、いつ？」

「明日」

明日ってお前、それはさすがに急だよ、なんて断る理由も予定も僕にはありません。次の日、約束の時間を二時間も遅刻してきたユウスケと、品川駅で合流して、僕らは京都行きの新幹線の切符を買ったのでした。

大遅刻してきたユウスケのせいで、京都駅についた頃には日が暮れかかっていました。そのうえ仕事の疲れからか新幹線の中で駅弁を平らげたあと、いびきをかいて爆睡していたユウスケが切符をなくしたせいで、改札を出るのに余計に時間がかかったのでした。

窓口で駅員とすったもんだした挙句、品川―京都間の運賃を再度支払わされたユウスケは「二度と新幹線なんかのらねぇ」と憮然《ぶぜん》としていいました。

「僕は帰りも新幹線にのるよ」

そう言うと、ユウスケはしばらく黙ったあと「仕方ないから、今回だけは俺ものってやる」と苦々しく呟いて、駅構内の「そうだ　京都、行こう。」と書かれた看板を蹴っ飛ばしました。警備員にひどく叱られたことは言うまでもありません。

旅の栞《しおり》はおろか、どこを見て回るか、何をするかさえろくに考えもせず京都に降り立った僕らは、早速路頭に迷いました。とりあえず駅のロータリーに停まっていたタクシーを捕まえて、

「一番栄えてるとこまでお願いします」

なんて、何ともぼんやりした行き先を伝えました。うーん、と悩んだあと運転手は「ほな、木屋町《きやまち》まで行ってみましょか」と言いました。もとより何の知識もない僕らは、運転手の言葉に従うことにしました。

ぽつぽつと街灯の灯り始めた街中を通って西本願寺《にしほんがんじ》というお寺を過ぎたあたりから、町屋風の建物がちらほら見え始めました。僕らは口を開けて「うわぁ、京都っぽいね」なんて他愛のない感想を言い合いながら、車窓を流れる景色を眺めていました。運転手からすれば、最近の若いもんはほんまに学があらへんわ、と呆れたことだと思います。

タクシーをおりた僕らはしばらくぶらぶらと歩き回って顔を見合わせました。

「これじゃ町田とかの方がよっぽど栄えてんじゃない」

「だよな、俺んちの近くの通りの方がよっぽど飲み屋あるぜ」

僕でも聞いたことのある、有名な四条大橋《しじょうおおはし》のへりに肘をついて、黒々と音もなく流れる鴨川《かもがわ》を見おろしながら僕らはため息をつきました。そもそも、京都に求めるべきは歴史や趣《おもむき》なのであって、東京のような繁華さではないのですが、悲しいことに僕らにそのような教養はなかったのです。

結局、適当に入った居酒屋で適当に料理を頼んで適当に酒を飲みました。せっかくだから芸者遊びがしたいとユウスケが言い出し、祇園《ぎおん》まで歩いてみました。軒先から、何とも楽しげな三味線の音が聞こえてきて、僕らのテンションはいやがうえにもあがりました。しかし、どの店でも、

「一見《いちげん》さんはお断りどすねん」

なんて薄ら笑いを浮かべた女将《おかみ》にゆったりした口調であしらわれ、そのたびに「金なら持ってますよ！」とユウスケは懸命に食いさがりましたが、僕らは諦めざるを得ませんでした。

とぼとぼと木屋町まで戻ると、僕らは仕方なくコンビニで缶ビールや酎ハイを買い込んで、近くにあった小さな公園のブランコに揺られながら酒を飲みました。僕はいつものくせで、ハイボールをちびちび飲みながら星を探しました。京都の夜空には、東京と比べようもないくらい星が輝いていました。

「なあ。今日、何の日か分かるか？」

「何だよ急に」

月に照らされたユウスケの瞳は、お酒のせいか濡れているように見えました。ユウスケと僕がはじめて知り合った日、でもないし、ユウスケが童貞を捨てた日でも、誕生日でもありませんでした。

「モボの、命日だ」

「うえっ」

喉が締まって、体の奥から変な声が漏れました。葬式にまで行ったくせに、僕はモボの死んだ日を忘れていました。

「命日なんてよく覚えてるね。僕なんかばあちゃんの命日も覚えてないよ」

ユウスケは飲み干したビールの缶を足で潰すと、次の缶を開けました。プシュッと、小気味いい音が僕ら二人しかいない公園で木霊《こだま》しました。

「俺さ、モボが死んだあと、モボの遺族の取材やらされてたのよ。歳も一緒だし、おっさんたちより気持ち分かんじゃないかって、それだけの理由でさ」

そんなこと、全然知りませんでした。それはモボのお通夜も葬式の日時も知っているはずでした。

「何かさ、仕事とはいえ友達の死をほじくり返すのって、辛いんだな。自分がどんどん汚れていくような気がしてさ。ま、もっときつかったのは、それも感じなくなったときだったけど」

そんなことない。そんなことないよ。ユウスケは、ちゃんと仕事をしただけなのです。立派に、自分に課された仕事を頑張っただけなのです。

「モボの命日にさ、ひとりでいたくなくって。仕事しているのも嫌でさ、無理やり休みもらったんだ」

そう言うと、ユウスケはぐっとビールを呷《あお》りました。こんな差、いつの間にできたのでしょうか。ユウスケの背中は、いつの間にこんなに遠くなっていたのでしょうか。僕は、ユウスケに何か声をかけたいと思いました。

ユウスケは、何も間違ってなんかいないのです。

「相手が死んでから距離が縮まるってことも、あると思う」

気づくと、僕は俯いたまま、いつかのユウスケの言葉を呟いていました。急に静かになったので気になって顔を向けると、ユウスケは声も出さずに泣いていました。

死ぬことに意味を見出せるひとは、きっと生きることの意味も見出せるのだと思います。そういうひとは、病気や事故以外で死ぬことはないのだと思います。生きることにも、死ぬことにも意味がなくなった瞬間、ひとはその境界を飛び越えるのだと思います。悪いことだとか、間違っていることだとか、それこそ、そんなことに意味がなくなった瞬間に。

あの日、京都の公園で僕らが見た朝焼けは、生と死の境目のように見えました。そこには「。」も「、」も「・」もなくて、じんわりと優しく空を濡らしていました。

カウンターでとなりに座っていた客にそこまで話すと、その汚い居酒屋を出た。もうとっくに日は昇っていて、街は動き始めている。飲みすぎたせいで頭が痛い。書こう書こうと思って、まだ一文字も書いていない話。ちゃんとモボのこと書くよ。眠いから今日は寝るけど。明日は絶対書く。あ、明日はバイトだった。じゃあバイトのあと、余裕があったら。

まあ明後日か、明々後日か、明々々後日かもしれないけど。

そうやって、時間ばかりが過ぎていくけど。

# まっすぐ立てない

ネットにあがってた昔のドラマを夜中まで見てたせいで、またバイトをバックれてしまった。「しまった」というか、なんというか。

起きたらすでに、シフトの入り時間を二時間も過ぎていた。スマホを見ると店から何十件も着信が入ってて、すぐ決めた。辞めます、と。ファミレスのホールなんて代わりは腐るほどいるんだし、別にいいっしょ。怒られるの嫌だし。決断力は大事。

あー、なんか面白いことないかな。

とか思ってみても、基本的に面白いことなんてそうそうない。なんでだろ。漫画とかドラマとかだったら、なんやかんや起こるんだけどな。んー。ソファにもたれかかってぼけっと考えてみても、ないもんはないから仕方がない。誰かに連絡しようにも、平日だし、まだ昼過ぎで友達はみんな働いてるし。かといって、バイトで消費するはずだった時間を持て余してるのもなんだしなあ。

そうだ。昨日のドラマで、山手線をただぼけっと一周するというシーンがあったのを思い出した。わたしはやっと、顔を洗う目的を見つけた。どうせ暇なんだし、たまにはそういうミーハーなことしてみてもいいかも。

とか思って最寄りの池袋駅に向かったものの、いきなり萎《な》えた。ホームに滑り込んで来た電車は、暗い顔をしたサラリーマンでいっぱいだった。二本待ってみたけど、結果は同じ。ま、いいや。どっかで座れるっしょ。

そう気を取り直して、わたしは電車に乗った。

大塚《おおつか》、巣鴨《すがも》、駒込《こまごめ》、田端《たばた》。西日暮里《にしにっぽり》を過ぎて、やっと座れた。その頃には代わり映えのしない景色を眺めるのにも飽きはじめていた。山手線沿いに、こんな侘《わび》しい街が広がってるとは思わなかった。上京して結構経つくせに、日暮里駅なんて降りたこともない。この先も降りることなんてないんじゃないかな。日暮里に住んでる彼氏ができたらなくはないけど、やっぱないか。日暮里の彼氏って、響き的になんかダサそうだし。ニッポリノカレシ。ちょっとウケる。

彼氏、彼氏ねー。そろそろこんなグータラ生活してる場合じゃないってことぐらい自覚している。このままだと、あっという間に三十になっちゃう。結婚だって、いい加減考えないと。周りはどんどん片付きはじめている。この一、二年で親もうるさくなってきた。

でもなー。ぶっちゃけ、全然イメージが湧かない。いい感じのひとって大体結婚してるか彼女いるし、それ以外の男はつまらない。いまの彼氏だって、なんちゅーかな。決め手に欠けるんですよね。このひととずっと暮らしていくのかと考えると、うーん。なかなか難しいのよ、女も。

と、向かいの席できゃっきゃと騒いでいる男子中学生たちを眺めながら、ひとりごちた。そんなね、能天気に女のケツばっか追いかけてればいいきみたちとは違うのよ。鶯谷《うぐいすだに》で降りて行った彼らの背中に向かって、わたしは声を大にしてそう訴えたかった。

上野までくると急にひとの乗り降りが多くなって、やっと山手線っぽい雰囲気が出てきた。上野か、何年ぶりだろう。そういえば前の前の彼氏と動物園とか行ったなあ。西郷さん、恩賜公園、アメ横。巡ったなあ。あいつ、何してんのかな。彼女できたかな、さすがにできたか。まあまあイケメンだったし。いま考えれば、あいつと結婚しとけばよかったのかもしれないな。なんちゃって。元彼と縒《よ》りを戻したって、うまくいくはずなんてない。振ったのはわたしだったしな。どんな別れにも、しかるべき理由があるもんだ。分かってる。分かってるけど、ちょっとだけ寂しい。たまに泣きたくなる。てゆーか、泣いてる。

上京してすぐの頃「おとちょう」と読んで笑われた御徒町《おかちまち》を過ぎると、すぐに東京駅に着いた。そうそう、高校を卒業して田舎から出てきた初日、東京駅で新幹線を降りたわたしは途方にくれたんだった。東京では、驚くほどみんなが他人の顔をしていた。写真では暖かい光を放っていた東京タワーは、実際に見ると無言でわたしのことを見下していた。ひとりなんだ。そう思った。着く前までは、やっと自由だ、なんて胸を高鳴らせていたくせに。

でも大学の英語のクラスで仲良くなった菜穂《なほ》のおかげで、すぐにそんな感傷も忘れた。千葉の実家から大学に通っていた菜穂はよくわたしの家に泊まりに来て、恋バナしながら一緒に料理をつくったり、ゼミの先輩の悪口を言いながら缶チューハイを飲んだりした。そのうちわたしも菜穂も彼氏が出来て、四人でスキーや富士急ハイランドに遊びに行った。

最強だったな、楽しかったな。いつから本気で笑えなくなっちゃったのかな。昔の自分に言ってやりたい。汝《なんじ》、そこが人生のピークよ。もっと遊べ、もっと飲め、そしてもっともっと、自分を大事にしなさい。とか、いまさら考えても仕方ないけどさ。

自分の好きなことを、何にも縛られずにやってたいと思う。なんて、恥ずかしげもなく話してたな、カフェで。結局、菜穂は銀行の一般職に内定して、わたしはと言えばろくに就活もしないでそのまま大学を卒業した。まだ二十年とちょっとしか生きてないのに、そんな一生の仕事なんて決めらんないよ。この先どうなるか分かんない時代に、会社になんて縛られる方がリスクだよ。一回だけの人生じゃん、好きでもない仕事して、愛想笑い振りまいて、何となく彼氏できて、結婚して、子どもが生まれて。そんな人生、もったいなくない？　とか言ってたなー。もはやイタい。そうして時間だけが過ぎてって、やりたいことなんて見つけられないまま、いま山手線に揺られてるわたしって、どうなのよ。まあまあ病んでるよね。はーあ。光陰矢の如し。しかし弓引く前は、永遠かと思うこの摩訶《まか》不思議。

新橋。駅から十分くらい歩いたところにあるビルで、たーくんは働いてる。

優しいのかもしれないけど、つまんない男なのよね、たーくん。付き合いはじめて一年ちょっと。デートもセックスも普通っていうか、予想の範疇《はんちゅう》を超えないっていうか。そんな高望みできる立場じゃないんだけど、さ。

人生で一番好き。そう思っていた元彼に振られてどん底にいたとき、たまたま行った飲み会でたーくんと出会った。

その日はひと言ふた言しか会話なんてしてないはずだけど翌日LINEがきて、気晴らしにちょうどいっか、ぐらいに軽い気持ちで食事に行った。

たーくんが選んだお店は、食べログ三・三のフレンチ。うん。不味《まず》くはないよ、それなりに美味しいんだよ。でも、惜しい。星〇・二個分足りない微妙な惜しさ。なんとも言えない点数&味&雰囲気。でも、好きなバンドが一緒だったことでそこそこ話は盛り上がり、二回目のデートでそのバンドのライブに行って、三回目のデートで告られた。朗らかな陽気の代々木公園を歩きながら、まあ断る理由もないなぁ、というぐらいの気持ちでわたしは頷いていた。

それからずるずるいまに至る、というわけ。ひとによっては居心地がいいと微笑む、ひとによっては刺激が足りないとこぼす、一年ちょっと。

わたしといるときはいつもへらへら笑ってばかりいるたーくんが、スーツを着て働いてる姿をうまく想像できない。目の前のつり革につかまって、眠そうに半目で立っているサラリーマンみたいに、たーくんも頑張ってんだよな。きっと。

二週間前、わたしはたーくんにプロポーズされた。俺ら、そろそろ結婚してもいいと思うんだよ。たーくんの家のソファでテレビを眺めていたときだった。俺この柿ピー好きなんだよ、と言うのと同じくらい、さらりとしたプロポーズだった。言われてすぐ、テレビから、あはははは、と笑い声がして、何だかわたしが笑われたような気がした。

そろそろ。そろそろ。

結婚とは別のことについてまで「そろそろ」と区切られそうな気がして、わたしはまだ返事が出来ずにいる。

本当は気づいてる。一番つまらないのは自分だってことぐらい。この歳になってバイトを転々として、しかも平気でバックれて。もはや東京にいる意味なんて、ない。ただこのまま何者にもなれずに、何も見つけられずに実家に帰るのがこわいだけだ。認めたくないだけだ。何者かになることから逃げてるのは自分のくせして。だから浜松町、田町《たまち》と過ぎて、品川で新幹線に乗り換えるだけのことが、わたしにはずっとできない。乗ってしまったら、わたしは「そろそろ」でさえなくなってしまうから。この東京という名の幻想に、まだしがみついていたい。そんな自分への言い訳のために、わたしはたーくんと付き合ってるだけなのかもな。あーあ。わたしの本当の居場所って、どこにあるんだろ。いっそ子どもとかできたら諦めもつくのに。ま、どすの利いた生理痛で絶賛苦しんでる真っ最中なんだけどね。

髪、染めてみよっかな。金とか、青系のメッシュとかもあり。ぱっと、気分変えたいな。大崎駅でさっきのサラリーマンは降りて、代わりに女子高生がつり革につかまった。ブレザーに金髪を合わせ、鼻ピアスまで開けているその子は電車内のマナーなんてまるっきり無視して、大声で電話し続けている。まあな、でもそいつくそじゃね、うちだったらそっこうころしてるわ、うん、いいよいいよ、すき、あさこもてるんだし、うん、ぱんけーきだよ、うん、やばいねそれ、うん、まじか、きゃはははは、うん、もうすぐつく、だいすきだよ。

会話の内容はかいもく見当つかず。でも、眩《まぶ》しかった。この子はまだ最強だ。どこぞのおじさんに注意されようものなら、このひとに痴漢されましたー、なんて平気で言っちゃいそう。勢いってのかな、あるよね、パンクだよね、存在自体が。そんな彼女を見ていると、鼻ピアスはさすがにきついけどやっぱり髪色ぐらい変えてもいいかもな、と思った。急に染めたら、黒髪のわたししか見たことないたーくん、びっくりするだろうな。新しいバイト先とか探し辛くなるかな。こうやってすぐ変化することについての言い訳ばっかするのが、歳をとるということ。

五反田《ごたんだ》駅に着いて、思った。そうだ、風俗があった。もし、もしもだけど例えばプロポーズを断って、たーくんに捨てられて、親にも見放され、ひとりで生きていかなきゃいけないとかなったら、この風俗の聖地として名高い五反田で嬢《じょう》やって働こう。こんなわたしでもまだ需要あるでしょ。せっかく女なんだし。そう考えると、ちょっとだけ楽になった。実際やるかどうかは別として、大丈夫。生きていける。というか、まだ死なない。そんな気がした。

目黒のラブホテル。三日前、わたしはその日初めて会った男とタバコ臭い一室にいた。気づくと、連れ込まれていた。そう言いたいとこなんだけど、正直、まあいっか、と思ってた。さすがにシラフで、のこのこ男についていくことはないけど酒が入るとどうもだめだ。

まあいっか。学生の頃から、そのとき彼氏がいてもそう思っちゃう。たーくんからプロポーズされてすぐの頃にだってそうなんだから、救いようがない。

だらしない女。わたしはそういう部類なんだろう。一定量のアルコールが入ると体の奥が熱くなって、誘われるとつい、自分が火照《ほて》った分だけのぬくもりが欲しくなる。別に抱かれたいわけじゃない。ただ、あたたかい腕にくるまって眠りたいだけ。でも腕まくらするだけで寝かせてくれるボランティア精神溢れる男なんて、童貞かインポじゃない限りほとんどいないわけで、結局わたしはぬくもり欲しさにそれを受け入れてしまう。まあいっか、って。

目黒駅と恵比寿駅の間を走っている電車の窓から、見えそうで見えないありきたりなラブホテルに、あの夜わたしはいた。ちょっと前まで付き合っていた彼と別れて傷心中の菜穂を励まそうと、大学の頃の同期に頼まれて行った数合わせの合コン。酔ったらだめなことは分かってた。だからそもそも参加自体を断ってたんだけど、当の菜穂に彼氏ができて欠席と相成り、セッティングされた合コンだけが宙ぶらりんになっていた。いやだから、わたしにもたーくんっていう彼氏がいるんだけど。そんな主張は、どうせ暇なんでしょ、たまにはこっちの都合にも付き合ってよ、という言葉で一蹴された。

座ってるだけでいいから、ね。とも。菜穂にそう言って来てもらえばいいじゃん。そう思ったけどすぐに無理か、と思い直した。わたしだってそんなこと言いづらい。

昔から菜穂は、そういうポジションにいる。

で、結果は泥酔。まず自己紹介のあたりから、相手方はなんとか商社とかうんたら建設とかわたしだって知ってる会社のハイスペックな奴らばっかで、当方もわたし以外はメガバンクの一般職ばかり。わたしだけが、フリーター。

一応、当時のバイト先、カフェのホールやってます、とぼそぼそ言ってみたけど、へー、と揃った男たちの声は、余計な気遣いと憐れみにまみれてて、わたしは時間を忘れるために酒をあおりにあおった。

一次会が終わった時点で、すでにわたしは限界を迎えていた。カラオケに移動した他のメンバーと別れて、ふらつきながら駅へと向かう途中、名前を呼ばれた。振り返ると、合コンの隅の席で静かに酒を飲んでいた男が立っていた。どこ行くの。どこ行くって、帰るんだよ。じゃあ、タクシーで送ってく。まだ電車あるから大丈夫。そう言って立ち去ろうと一歩踏み出したら、歩道に敷かれたタイルの継ぎ目にヒールをひっかけてバランスを崩した。そんなわたしの腕を男が支えて、あとはいつものパターン。あーあ。いつまでこんなことやってんだろわたし、って感じ。

つり革につかまっていた女子高生は、結局ずっと電話したまま渋谷で降りていった。混むかなーと思ったけど、降りていったひとたちに比べて乗ってきたひとは案外少なかった。渋谷と言えば、五、六年前はもっと凄《すご》かったんだけどな。街が元気なくなってきたのかな。まあ若いひと自体が少なくなってんだし、当たり前か。

学生の頃はほぼ毎日、渋谷で遊んでいた。何して遊んでたかって言われると、よく分からない。カフェで駄弁《だべ》ったり、買い物したり、クラブ行ったり。

他に何してたんだろ、謎です。あの頃のわたし、悩みも何もなかったなー、なんてたまに思いそうになるけど、たぶん嘘だ。あの頃はあの頃なりに悩んでた。ただ悩むことを周りが許してくれていただけ。そう、それだけ。

この前久しぶりに、菜穂と渋谷でご飯を食べた。相変わらず菜穂は可愛くて、キラキラしてて、それに引き換えわたしは堕《お》ちたなー、なんて思った。だから道玄坂にあるイタリアンで菜穂から、彼氏と別れそうなんだ、と聞いたときに、心のどこかで喜んでいた。結婚しようと思ってたのにさ、と言う菜穂に、大丈夫だよ、とか言いながら、顔じゃない部分でほくそ笑んでいた。親友、ニコイチ、なんて書いてプリクラ撮りまくってたくせに。ああ神様、このひねくれた性格をどうにかしてください。

しかし、菜穂は幸せになる星のもとに生まれているらしい。すぐに次の彼氏ができた、と連絡がきた。彼氏途切れたことないもんなー、菜穂って。新しい彼はテレビ局で記者をしているそうな。玉の輿《こし》ですよ。しかもあの日イタリアンを出たあと二軒目にふらっと入ったカオスな雰囲気のバーに、その彼もいたらしい。

そのときわたしもそこにいたはずなんだけど、顔が思い出せない。今度紹介するね。菜穂がそう言って電話を切ったあと、すぐに友達から連絡が来た。今度の合コン、菜穂が来れなくなった、だから絶対来て。場所は恵比寿。そう、わたしはわたしでそういう星のもとに生まれている。


運命なんて信じたくない。

原宿《はらじゅく》、代々木《よよぎ》、新宿、新大久保。次々に過ぎていく駅。降りていくひと。乗ってくるひと。その中で相変わらずわたしは席に座ったまま、考えている。菜穂にあって、わたしにないもの。それらは目には見えなくて、でも明確にわたしたちを分けている。友情、努力、勝利。そのどれも信じられなくて、信じることから逃げて、でもどこかで期待して、勝手に裏切られた気分になって、ぐるぐるぐるぐる。抜け出せない輪っかを回り続けるしかない山手線に自分を同化させ、可哀想だねって。そんな感じでこれからも生きていくのかな、わたしって。どうしようもねーな、はあ。

新大久保でマスクをした長身の男が乗ってきて、空いていたわたしのとなりに座った。いい匂いがする。何の香水だろ。向かいの席に座った二人組のおばちゃんたちも、ちらちら目を遣りながら声を潜めて盛り上がっている。ちゃんと見てなかったけど、きっとイケメンなんだろう。女は何歳になってもいい男が好きねえ。わたしも見たい。けどいまさらまじまじととなりを見るのも気が引ける。まあイケメンのとなりに座ってるってだけで、ラッキーとするか。

高田馬場《たかだのばば》に着くと大学生らしき集団が入ってきて、車内は一気に騒がしくなる。発進のアナウンスが流れ、今日だけで数えきれないほど聞いた扉が閉まる合図の音がする。重くなった車体を揺らして、再び電車が動き出したとき、声があがった。あ、スダくんじゃない!? スダくんだ、やっぱスダくんだ! キャー!

もともと騒がしかった車内は一層うるさくなる。てかスダくんって、あのスダくん? 俳優の? 最近見た映画にも出てた、あのスダくん? すみません、他のお客さんに迷惑かかると思うんで。となりからそう声がして、それは紛《まご》うことなくスダくんの声だった。うわー、わたし、いまスダくんのとなりに座ってるよ。やばい。ちゃんと化粧しとけばよかった。なんてスダくんには一ミリも関係ないな。サインください！ とか、映画見ました！ とか矢継ぎ早にあがる大学生たちの声に応えているスダくんの、たまに触れ合う腕の感触を後生大事に覚えておこうとひそかに必死になっていると、あっという間に目白駅に着いて、スダくんは立ち上がった。

もう行っちゃうのか。わたしも何か話しかければよかったかな。そう思っていると、一瞬、スダくんが振り返って言った。うるさくして、ごめんなさい。

いま、わたしに言ったよね。スダくん、わたしに「ごめんなさい」って、言ったよね。目白に用事はないと思われる学生たちまで、スダくんについてぞろぞろと電車を降りていった。急に車内が広くなったような気がした。

また景色が流れはじめて、止まったときには山手線を一周することになる。

そして電車を降りて、改札を出て、家に帰って、ご飯を食べて、お風呂に入って、お肌の手入れをして。そうやってつまらない毎日がいつまでも続くだけ。でも、いまだけは、スダくんがわたしに言ってくれたごめんなさいを抱きしめて、ちっぽけな興奮に浸《ひた》っていたい。

そうして日々を過ごしていれば、いつかミラクルが起こって、自分のやりたいことを見つけて、成功して、最高の人生を。菜穂も、たーくんも、いままでわたしの前を通り過ぎていった奴らも全員、拍手喝采。仕事に向かうために乗った電車でファンに囲まれて、冷たいと思われない程度に応えて、たまたまとなりに座ってた将来に思い悩む冴えない何某《なにがし》に声をかける。うるさくして、ごめんなさい。代わりなんかどこにもない。わたしはわたし。もしかしたらそんな現実が、遠くない未来に来る、わけないか。

# スクロール

なかなか寝つけない。ベッドの枕の位置を変えてみたり、布団を頭からかぶってみたりしたけどだめだった。明日、月曜なのになあ。背中越しに、菜穂《なほ》の寝息が聞こえる。いつもはいびきをかいてるくせに、やけに静かだ。

「すう、すう」

という安らかな寝息が逆に気になる。

しばらくまぶたを閉じてみても、菜穂の寝息がくっきりと浮かび上がってきて、ああ！　とか、だりゃあああ！　なんて叫び出したくなる。いつも仕事中あんなにふやけてる思考は、こういうときに限って冴え渡っていく。

ほんと、お前はいっつもそうだよな。

そんなこと言うなよ、俺だって寝たいんだよ。

じゃあ寝なさいよ。

だから、寝れねぇんだって。お前黙ってろよ、さっさとお前も寝ろよ。

そんな自分の声が、真っ暗なワンルームの中で交錯しはじめる。こうなったらだめだ。俺は音を立てないようにそっと、充電コードにつないでいるスマホを手繰《たぐ》り寄せた。画面には一時十三分の表示。あー、寝なきゃ。明日も早いのに。仕方なく、画面のロックを外して、ネットサーフィンしながら眠気がくるのを待つ。

【内閣支持率ダウン　四七・六パーセント】

【またもゲス不倫!?　路上キス激写】

【公園にカラス五十羽の死骸　毒入りパン食べる】

そんなニュースを眺めながら、どんどん気が滅入ってくる。

どうせ誰が首相になったって政治は変わんないだろうし、歌手が誰とキスしようがセックスしようがSMプレイしようが関係ない。カラスに毒入りパン食べさせてひと殺し我慢してるならマシじゃん。ああ。ほんと、どうでもいいな。そして明朝、俺は野生の熊から畑を荒らされているという農家を取材するために、茨城くんだりまで行かなきゃいけない。くそ遠いっつうの。

あくびの代わりに、ため息をついて、アルバムのアイコンをタップした。日付ごとに並んだ無数の画像データが、たった四インチの画面に詰め込まれてるのはいつ見ても不思議だ。

「ん、ん」

という声がして、菜穂が寝返りを打つのを背中で感じる。起こさないよう画面の明るさを少し暗くして、人差し指で思いっきり上方にスクロールしてみた。次々と流れていく写真とともに、一気に時間がさかのぼっていく。ルーレットみたく徐々に流れるスピードが落ちていって、画面はいつかのあの場所で静かに止まった。

四インチの画面に映った俺は、すでに白みはじめた明け方、渋谷のセンター街でしわくちゃのスーツ姿のままアスファルトに寝そべっている。会社に入ってすぐで、まだ菜穂とも出会う前の写真だ。

このとき俺はたしか、当時入り浸っていた『とんでもない青』という、渋谷で一番下品なバーで朝まで飲んだくれていた。

「あんた、いい加減にしなさいよ。あんたなんかずっとそうやって昨日にすがって寝てればいいのよあんたなんか」

へべれけになった『とんでもない青』の店長であるモガに唾《つば》を吐かれながら、俺はビルの隙間を飛び交うカラスと曇り空を見上げていた。

『とんでもない青』の閉店後、モガと家系ラーメンを食べてお腹いっぱいになった俺は、とにかく眠くて、とにかく仕事に行きたくなくて、

「俺はここで寝る！」

なんてことを何度も叫びながら、

「おやすみ。わたしは帰るわ」

とさっさと立ち去ろうとするモガ相手に、駄々をこねていた。

「そんなこと言わないでよぉ」

「彼が待ってるの」

「タクミとかいうやさ男だろ」

「そうよ。何が悪いのよ、だから帰るの」

「そんなこと言わないでよぉ。どうせまた逃げられんだから」

「いまなんつった!?　もうあったま来た」

通勤途中のサラリーマンから軽蔑の眼差しを浴びせられながら、いつまでも繰り返すそんなやり取りにうんざりしたモガは、俺にスマホを向けて写真を撮った。

「この写真、あんたの職場に送りつけてやるからね」

それがどうした、勝手に送りつけろよ。なんて威勢のいいことを言えればよかったんだけど、俺は酒での失敗を何度もやらかして上司から禁酒を言いつけられていた。

小便臭い電柱に掴まりながらやっと立ち上がると、俺はモガに向かって盛大にラーメンを吐いた。その劇的瞬間の写真だって、しっかり保存されている。


この頃の俺はまぐれでテレビ局に入ったものの、希望していたドラマ制作センターではなく、報道局という少しも興味のない部署に配属されて毎日やさぐれていた。取材が終わればそれが昼でも夜でも呼び出しにおびえながら酒を飲み、色んな女を抱くことで何かを埋めようと躍起《やっき》になっていた。自分に足りない何かが何なのか分かっていない時点で、その穴を埋めることなんかできっこない。

そんなことには薄々気づいていたくせして、やり場のない寂しさをコンドームに吐き出すことで、俺は俺を誤魔化そうとしていた。言ってしまえば、そういう自分に酔っていただけかもしれないけれど。

合コンがあると聞けば、それが都内であれば何時だろうと顔を出した。

こんな俺でも数打ちゃ当たるで、セフレだって数人いた。相手なんて誰でもよかった。類は友を呼ぶ、なんて言うけど、そのときつるんでいたセフレもみんな、やる相手は俺じゃなくてもよかったんだと思う。きっと俺と同じように、自分を満たしてくれる何かを探していただけだ。もちろん俺にその力はなかったし、力になろうという気もさらさらなかった。

ラブホテルのベッドで眠っている女子大生相手に腰を振り続けて果てたときには、さすがにこのままじゃやばいなあと思った。

菜穂と出会ったのは、そんなときだった。


合コンの一次会で女の子全員に帰られるという、圧倒的な負け試合を喫して最悪なテンションの中、俺はひとりで飲み直そうと『とんでもない青』に向かった。

「いらっしゃいませぇぇ」

そんなモガのしゃがれた声は右から左。店に入った瞬間、俺の目はある女に釘づけになっていた。その女はカウンターの奥の席で、友達っぽいもうひとりの女とふたりで座っていた。俺はその女から五つ離れた席に腰を下ろした。本当はとなりに陣取りたかったんだけど、他の席は客で埋まっていて、そこしか空いていなかった。

カウンターの内側にいるモガを手招きして、声をひそめる。

「あの子、だれ」

「あの子ってどれ」

「馬鹿、声が大きいっつの」

「あの子ってど――」

一層大きな声を出そうとするモガの口を、俺は慌てて手で塞《ふさ》いだ。

「あんときは悪かったよ、だから静かにしてって」

「だから、あんときって何？　謝るならちゃんと具体的に言いなさいよ」

「だから、あんときラーメンかけたのまだ怒ってんだろ」

「わたしはそんな小さい女じゃありません」

ぷいっとそっぽを向くモガに、俺は手をあわせた。

「頼むよ、本気のやつ。ねえ、あの隅の席の子、誰？」

真剣に頼みこむ俺がよほど珍しかったのか、一瞬モガは目を丸くしたあと、

「あんたが、本気のやつねぇ」

と、すぐ意地の悪そうな笑みを浮かべた。

「何よ、一目惚れ？　わたしって女がいながら図々しい」

お前と俺は何も関係ねえだろうが。そうだよ、そうですよ、一目惚れですよ。その何が悪いんだよ、とは癪《しゃく》だから言わない。

けど、めちゃくちゃタイプだった。もはやその子には『とんでもない青』なんていう、人間界の肥溜《こえだ》めみたいな店が場違いだった。

なあ、お願いお願いお願い。重ねて俺はモガを拝んだ。

「男には、わけを聞いてくれるなってときもあるんだよ。だからお願い、教えてよ」

「しょーがないわね、ちょっと待ってて。はじめてのお客さんだから探ってくるわ」

「知らねーのかよ」

俺の突っ込みをスルーしたモガは、

「はじめましてぇぇ」

と猫なで声を出しながら、グラスを持ってカウンターの奥に向かった。俺はその様子をちらちら窺いながら、一方的に話しかけてくるとなりの常連客にあいづちを打っていた。そいつが妻に浮気されたとか何とかであんまりしつこいので、

「そんな不貞女はマンコを糸で縫《ぬ》い付けて塞いでやるしかないっすね」

なんてテキトーなことを言ったら、

「そうだな、さすがユウスケくんはいいこと言うね」

と酔った目をしばたかせて、何度も頷いた。おいおい、このおっさんマジで縫いつけないだろうな。なんて心配はよぎらないくらい、俺の意識はカウンターの奥で楽しげにモガと喋っている女に向いていたのは言うまでもない。

「糸は何色にしようかな」

とぶつぶつ言いながらとなりの客が帰ってしばらくあと、やっとモガは戻ってきた。曰く、彼女の名前は菜穂。うーん素晴らしい、名前もタイプ。曰く、今日は友達と渋谷で買い物をしたあとご飯を食べて、もうちょっと飲んで帰ろうということになり、通りかかったこの店に何となく入ってみた。ほぉほぉ、その偶然に出くわした奇跡、これってむしろ運命じゃね。むふふ。

「そいでそいで」

「それだけだけど」

馬鹿たれ、あんな長いこと話してたくせに。もっと他に聞かなきゃいけないことあるやろがい。

「あ、そうだ。好きなものは練乳」

いーね、俺も大好き。何にでもいっぱいかけちゃうもんね。

「誕生日は十月九日」

あら、この前じゃん。

「となりの子は大学からの友達」

「うん、あとは？」

「こんだけ聞けばじゅーぶんでしょ」

あー、大事なとこすっ飛ばしてるよ。

「彼氏いるのかとか、聞いてないのかよ」

「そんなの聞いてないよ。彼がいようがいまいが、好きなら関係ないじゃん」

それはお前の基準だろうが。普通のひとはそこを一番気にすんだよ。

俺がため息をついていると、

「お会計お願いしまーす」

と声がした。見ると菜穂が手を挙げている。おい、どうすんの。菜穂ちゃん帰っちゃうよ。ここで声かけなかったら一生会えないかも知れないよ。でもいきなり声かけて、そこらへんのチャラい男たちと一緒にされたくもないし。そんなことを考えながら頭を抱える俺を見かねたモガが、

「任せなさい」

と耳打ちして、菜穂たちのもとへ向かった。さすが百戦錬磨のモガ様、一体どんな裏技使うんだろう。そわそわしながら遠目に見守っていると、

「ありがとうございましたぁ」

と言って、会計を済ませた菜穂と友達の女はあっけなく出て行ってしまった。

「どうすんだよ、帰っちゃったじゃねえか」

と、俺は猛烈に抗議する。そんな俺を嘲笑《あざわら》うように、

「また来るわよ」

とモガは自信たっぷりに言った。

「何でそんなこと言い切れんだよ」

「次お店に来てくれたら、お酒全部無料にしてあげるって言ったから」

そんなんでまた来るかなぁ。あーあ、これで一生会えなかったらモガのせいだからな。ん、てか、もしかしてその酒代って、

「もちろんあんたにつけるのよ」

やっぱ、そういうことになるよね。

画面をスクロールすると、仮装した若者たちがスクランブル交差点で騒ぎまくっているのをバックに、俺と菜穂が顔を顰めて写っている。去年のハロウィン、はじめて菜穂とデートしたときの写真。

そう、まさかのまさか。菜穂は本当に『とんでもない青』にもう一度来たのだった。モガから、【愛しの菜穂ちゃん来てるわよ〜】とLINEが来たとき、俺は懲《こ》りもせず恵比寿の居酒屋で合コンに耽《ふけ》っていた。それなりに会は盛り上がって、何となく誰が誰とその夜を過ごすのかという構図もすでにできつつあったときだった。

「あ、彼女とLINEしてんでしょ」

そう言って頬の赤くなった女が、俺の膝の上に手を置いて甘えてくる。

「ち、違うよ」

俺は慌《あわ》ててスマホを伏せた。

「ねぇ。ユウスケくんって、どこに住んでんの？」

さっきまで性欲を掻《か》き立てていた女の香水の匂いが、画面に映った【菜穂】という二文字を見た瞬間、急に下品なものに感じる。ほんと、俺ってどんだけ勝手なんだ。

そう内心自嘲しながら、

「ごめん」

と女の手を膝からどけて、俺は立ち上がった。

「おい、どこ行くんだよ」

追いかけてきた幹事の男に、

「悪い、急に取材行かなきゃいけなくなった」

と金だけ渡すと、走って駒沢《こまざわ》通りまで出た。タクシーを拾って、

【いまそっち向かってる】

とモガに返信する。

【早く来ないとまた帰っちゃうよ〜】

【わかってる！　なんとか引き止めといて！】

「すみません、急いでください！」

渋滞の中、運転手に無茶なお願いをして、さっきがぶ飲みした赤ワインの酔いを醒《さ》まそうと窓を開けた。頭が脈打っているのはアルコールのせいか、緊張しているせいか。もうすぐ十一月だってのに、まだ生ぬるい風が火照った頬を撫でた。恵比寿から渋谷まで。まだ着かないのかと気持ちははやって苛々《いらいら》するけど、酔いが醒めるほど遠くもない、微妙な距離。

モガは俺を一瞥《いちべつ》すると、菜穂のとなりの席を指差した。菜穂はその日、前と同じ席にひとりで座っていた。注文した生ビールを一口飲んで喉を潤してみたものの、困った。どうしよう、何て声かければいいんだ。他の客と話しながら、モガは俺の方をちらちら見てくる。うるせーな、分かってるよ。

「あの、前も、いましたよね」

意を決して、声に出してみた。菜穂はグラスを持とうとした手を止めて、わたしに言ってる？　と首をかしげる。俺は何度も頷いた。そうそう、あなたです。あなたに会うために、あなたと話をするために、俺はいまここにいるのです！

ここが正念場。俺は自分を奮い立たせた。

「たしか前も、同じ席に座ってらっしゃったかと」

「あ、そうなんです。今日は二回目で」

菜穂は少し困ったような顔をしながらも、俺の方に向き直ってくれた。急に話しかけて、キモい奴とか思われてないかな。でもこんなチャンス、二度とないかもしれないのだ。

「あの、そのとき俺、向こうの席にいて」

「あ、そうだったんですね。ごめんなさい、気づきませんでした」

「あははは、いいんです、全然大丈夫です」

淡い期待が弾け飛び、少し泣きそうになるのを我慢して俺は大げさに笑った。

「今日はひとりなんですね。この前は友達っぽいひとといたから」

「ええ、なんかひとりで飲みたくなって。二回目来てくれたら無料でいいよって、あの店長さんが言ってくれたから」

するると、菜穂と逆側の隣席にいた客が、

「おい、俺は無料になったことなんてねえぞ」

とか何とか喚《わめ》きはじめたので、俺は人差し指を立てて、しーっと合図をする。うるせぇな、他人の話聞いてんじゃねえよ。ほんとここの客は民度が低いっていうかデリカシーがないっていうか。こっちは大事な話してんの。

俺は気を取り直して、菜穂に耳打ちする。

「たぶん、菜穂さんにだけの特別サービスだから内緒で」

きょとんとした菜穂の顔を見て、しまったと気づいた。そういえばまだ直接、名前を聞いてなかった。耳たぶが一気に熱くなる。

「あ、いや、あの、すみません。あいつ、店長に、こっそり名前聞きました」

慌てて頭を下げると、勢い余ってカウンターの少し突き出た縁に思い切り頭を打ち付けた。いってぇ。何かの罰なの？　俺そんなに悪いことした？

「ちょっと、あんたうちの店壊しにきたの？」

すかさずモガはいちゃもんをつけてくる。

「うっせぇ！　ちゃんと角にはクッションつけとけって言ってんだろ！」

「そんなこと今日はじめて聞いたわよ！」

なんて、ぶつけたおでこを手で押さえながらモガと言い争っていると、

「うふふふふふ」

菜穂はその日はじめて笑った。今度は俺がきょとんとする番だ。

「ごめんなさい。ふたりの仲よし具合が面白くって」

俺の「仲よしじゃないよ」とモガの「仲よしじゃないわよ」という声が重なって、菜穂は涙を流して笑い転げる。やっぱ可愛いなぁ、好きだなぁ。

「ごめんごめん」

あー、可笑《おか》しかった。やっと笑い止むと、

「今日こんな笑えると思わなかった。ありがとう」

そう言って菜穂は俺に握手を求めてきた。

「ありがとうなんて、そんな俺の方こそです」

するとと菜穂はまたふふ、と笑って、

「きみ、面白いひとだね」

と言った。面白いひと頂きましたぁぁ。俺は頭の中でガッツポーズをして、生まれてはじめてモガに感謝した。もちろん未来永劫《えいごう》口に出すつもりはない。

「今日ね、彼氏と別れてきたの」

菜穂の口からぽつりとこぼれたその言葉は、俺というより、自分自身に言い聞かせてるみたいだった。

「やけ酒飲みにここに来たんだけど、こんな笑わせてもらえて、来てよかった」

そう言って笑おうとした菜穂の顔は、全然笑えてなかった。胸が、きゅっと痛くなった。いますぐにでも、このひとを抱きしめたかった。

「あの」

好きです。そう言いそうになって、何とか飲み込んだ。とっさに、

「俺、ハロウィンって苦手なんですよね」

と口走っている自分に驚く。

「なんか、みんなよってたかって仮装して、よってたかって騒いで、そんときは楽しいと思うんですけど、でも、朝まで飲んで、明るくなって始発で帰るときとか、絶対

辛《つら》いじゃないですか、寂しいじゃないですか」

どうした俺。テンパり過ぎて、わけわかんないこと言ってる。

「結局、そこで騒いでる自分って、何かになりきってる自分っていうか、それって自分じゃないっていうか、他のものになりきって心のどっかにある寂しさを紛らわせるのって、実は一番寂しいことのような気がしてて」

何だよそれ、いつもの自分のことじゃん。満たされないのを誤魔化すために、いつも朝まで飲んだくれてる自分のことじゃん。

「えっと、それで、何が言いたいかっていうと」

ふう。軽く息を吸って、俺はお腹に力を入れた。

「今度、俺とハロウィン行きませんか？」

ぷっ、と菜穂が吹き出す。

「何それ、嫌いなのに、ハロウィンに行くの？」

ごもっともな指摘です。支離滅裂なのは百も承知。

それでもここで引くわけにはいかない。

「その、俺、ハロウィン苦手だから行ったことなくて、だから一緒に、見に行ってくれないかなーって」

なんちゃって、あははは。俺は笑って頭をかいた。

やらかした、謎の誘い。モガ、すまん。せっかくお膳立てしてくれたのに、俺はいま自爆したよ、どかーん。と、思いきや、

「いいよ」

ん？

「行ってもいいよ」

「え、マジで!?」

「うん、さっき言ってたこと、わたしも何となく分かる気がしたし」

菜穂様……、ありがとう……。神様、仏様、モガ様、ありがとう……。そのとき俺は、この世界のすべてに感謝の祈りを捧げた。

「ところでいまさらだけどさ」

「うん、何でも聞いて」

「きみ、名前は？」

そう言えば、自己紹介もまだだった。

その一週間後、俺と菜穂は約束通りハロウィンの日に、人で溢れ返った渋谷の駅前

で何とか落ち合ってスクランブル交差点を渡った。人混みの中で押しつぶされそうになりながら、必死にはぐれないよう菜穂の手を握っていた。人混みを抜けても、俺は菜穂の手を離さなかった。菜穂も抵抗しなかったので、知らないふりしてずっと手をつないでいた。我ながら、自然で素晴らしいモーションだったと思う。

いつまでも騒がしい街を歩きながら、菜穂が俺より三つ歳上であることを知った。銀行で窓口業務をしていることや、実家住まいで猫を二匹飼ってることも教えてもらった。俺は実家で犬を飼っていることや、いつかこってこてに感動するドラマをつくりたいことなんかを話した。

「写真、撮ろうよ」

「いいよ」

今日の楽しさを、俺は一生保存しときたいと思った。いつか、こんなラブ・ストーリーのドラマをつくれたらどんなに最高だろう。

「みんな楽しそうにしてるから、俺らくらいつまんない顔して写ろうよ」

そう言ったら、

「やっぱユウちゃん面白いね」

と菜穂は笑った。

ユウちゃん、なんて不意に呼ばれたもんだから、俺はつい舞い上がってその日の別れ際、菜穂に告白した。それから日をおかず、俺と菜穂は付き合いはじめた。

芸能人のひき逃げとか、男女関係がもつれた末の殺人とか、元プロ野球選手の麻薬所持とか、そんな現場を取材しながら、なんとか休みをつくって週に一度は菜穂と会った。菜穂と付き合うようになって、俺は酒を飲まなくてもぐっすり眠れるようになった。『とんでもない青』なんて下品な店に顔を出すことも次第になくなっていった。たまにモガから、

【恩知らず！】

とか、

【さみしーよー】

とかLINEが来たけど、テキトーに返信しているとそのうち連絡も来なくなった。このときの俺は、菜穂がいれば他には何もいらなかった。

俺らは大体休み前日の夜に落ち合って、翌日昼過ぎまで布団にくるまっていた。

「早く起きなきゃ」

「じゃあユウちゃんから起きて」

「菜穂が起きたら俺も起きる」

そんなことを言い合ってやっとベッドから這い出ると、のんびり支度して家の近くで遅めの昼食を食べた。温かい時期には代々木公園で日向《ひなた》ぼっこ、二週連続でＵＳＪとディズニーランドに行った。秋は江ノ島に、冬は遠出して金沢に旅行にも行った。兼六園《けんろくえん》でぜんざいを食べた。金沢城の立派な門の前で写真を撮った。部屋に露天風呂が付いている旅館に泊まって、寒い寒いとふたりで叫びながら湯船に浸かっていると、大粒の雪が降りはじめた。菜穂はその雪を眺めながら、

「また来ようね」

と笑った。

「来年、また同じ時期に来よう」

俺はそう言って、飽きずに雪を眺めている菜穂を見つめた。

この頃の俺と菜穂はどんなにスクロールしてみても、スマホの画面の中で笑ってばかりいる。

その日、「世界ピッツァ選手権チャンピオンが職人兼社長を務めるナポリピッツァの店」という長ったらしい触れ込みの店の行列に三十分以上も並んで、俺と菜穂はやっと昼食にありついていた。薄めの生地にたっぷりチーズが載ったピザを美味しそうに食べる菜穂を眺めて、俺はスマホで写真を撮った。

「並んだ甲斐、あったね」

そう言って、菜穂は口元についたトマトソースをひとさし指ですくう。

「さすが世界ピッツァ選手権チャンピオン」

「ね、さすがピッツァ」

「ピッツァ！」

そんなことを言い合っていると、テーブルに置いていたスマホが震えた。社会部のキャップからだった。

「もしもし」

「いまどこにいる」

「中目黒です」

「すぐ早稲田《わせだ》、行けるか」

いま彼女と一緒で、もう少ししたら世界一のピッツァ食べ終えるんで、そのあとなら行けます、なんて言えるはずもなかった。

電話を切って、ごめん、と俺が謝る前に、

「わたしは大丈夫だよ」

菜穂は笑った。改めて、

「ごめん」

と謝って、俺は菜穂を残して店を出た。あー、最悪。さっさとこんな監獄から抜け出してドラマつくりてぇな。山手《やまて》通りで拾ったタクシーの中で、キャップから送られてきたメールを確認する。

【アパートにて二十代の男性死亡　首吊り？　自殺と推定】

マジで迷惑な話だ。せめて今日死ななくてもいいじゃんか。ひとがせっかくデートしてるってのに。

【場所は新宿区西早稲田×丁目××メゾン早稲田　二階建てアパート一階】

しかも現場は、学生の頃に住んでたところの近くらしい。ますます気が重くなりながら、車に揺られて束の間寝ることにした。このままいつまで拘束されるか、分かったもんじゃない。その前に、

【ごめん、この埋め合わせはするから！】

とだけ菜穂にＬＩＮＥを送って、シートに体重を預けた。

すぐに春の陽気をはらんだ睡魔が、俺をくるんだ。

「お客さん、このあたりだね」

という運転手の声で目が覚めた。狭い路地にパトカーが二台停まっていて、その周りを他のテレビ局やら新聞社やらの記者たちが数人取り巻いている。

「何かあったの？」

「別に大したことじゃないと思いますよ」

そう誤魔化してタクシーを降りながら、嫌な予感がよぎった。目の前にあるのは間違いなく、学生時代の同期が住んでいたアパートだった。

俺はここの一階に住んでいたモボというあだ名の友達の家で、たまにテレビゲームをしながら朝まで宅飲みをしていたのだ。

ドンッと肩を小突かれて振り向くと、先に着いていたらしい顔見知りの新聞記者が立っていた。

「ちょっと遅いんじゃないの〜」

余計なお世話じゃ。そう思いながらも、

「すみません、ちょっと遠くにいたもんで」

と、一応謝った。古臭い報道の現場では、こういう他社との横のつながりがけっこう大事だったりする。そんなことより、だ。

「どんな状況なんですか」

「首吊りだってよ、しかもきみと同じくらいの歳の子」

え。確信に変わろうとする予感を必死に振り払う。

そんな、だって、あいつが、何であいつが。

「まだ遺書らしいものは見つかってないらしいけど、最近の若いもんはすぐ自殺だよなあ。この前の広告代理店の子もさぁ、どうなってんだか」

モボとは大学を卒業してから、まったく会わなくなっていた。もともと明るい性格じゃなかったけど、俺よりよっぽどしっかりしているっていうか、自分を持ってるっていうか、そんなやつだった。少なくとも、俺はそう思っていた。なのにまさか。

「僕らがきみたちぐらいの頃はさぁ、残業時間の上限規制なんて話はなかったんだから。ほんっとゆとり教育なんてことやっちゃったからさ、やわな若者ばっか育っちゃったんだよね」

うっせーな。お前があいつの何知ってんだよ。何が辛いか、何が死にたいほどきついか、勝手に決めてんじゃねぇよ。知った風な口利いてんじゃねぇよ。

「どうせ今回の子だって、嫌なことあったから死んでリセットでもできるとか思ったんじゃないの」

そう言って笑った記者を、気づくと俺は殴り倒していた。

「お前は要領よくこなすタイプだと思ってたけどな」

薄暗い喫煙所で、キャップはそう呟いた。新聞記者を殴った俺は、警視庁クラブへと呼び出されていた。

「気持ちは分からんでもないけどさ」

キャップはまずそうに紫煙をくゆらせながら、

「俺らはサラリーマンなんだから、殴ったらだめだよなぁ」

まあ、芸能人でもヤクザでも、ひとを殴ったらだめなんだけどさ。キャップはそうひとり言のように呟いた。

「すみませんでした」

殴ったことを後悔はしてはいない。でも、俺は謝るしかなかった。このあとキャップは俺の代わりに、殴られた記者と新聞社に謝罪をしに行くことになっていた。先方は、俺の顔なんて見たくもないらしい。

「決めた」

キャップはタバコを揉み消して、くたびれたジャケットを羽織った。

「ほとぼり冷めたらお前、この件の担当にするからな」

「え？　は、はい」

俺はそう力なく返事をして、軽く右手をあげて喫煙所を出て行くキャップの背中を見送るしかなかった。

ひとり残された俺は、菜穂に電話しようとスマホを開いて、やめた。画面に映し出された時計は、夜中の十二時を過ぎていた。一応ＬＩＮＥで【今日はごめんね】と送ってみたけど、こんな時間に返事が来るはずもない。

ひとりでぼーっとしていると、モボとの思い出が頭の中に浮かんでくる。あいつ、結局童貞のまま死んだのかな、とか、一回だけ無理やり合コン連れてったよな、とか、どうでもいいことばかりを思い出した。そしていまさら気づいた。どうでもいいことをして一緒にいるのが友達なんだ、ということに。

黙っていると、泣いてしまいそうだった。誰でもいいから話をしたかった。

俺はモボのことを知っているやつらにやたらめったら電話をかけて、やっとひとりだけ捕まえた。

「なんだよこんな時間に」

そいつは眠そうに言った。

「まだ仕事してんだけど」

「悪い悪い、ちょっと大事な話があって」

そこまで言って、ふと思った。こいつモボと仲よかったっけ。ていうか、モボってそもそも俺の他に友達なんていたんだっけ。

「あのさ、モボって覚えてる？」

「ああ、なんとなくは」

「あいつ、死んだ」

「マジかよ……」

「しかも、自殺らしいぜ、自分ちで首吊ってたってさ」

いつもの口調を装おうとして、声が少し上ずった。

友達が死んだってのに、俺って何やってんだろ。急にやりきれなくなって、自分からかけたくせに俺は手短に電話を切った。意外だったのは、切り際にそいつがモボの葬式に顔を出す、と言ったことだった。

「ユウスケも葬式、行くの？」

そう聞かれて、

「行けないだろうな」

と嘘をついた。行きたくなくても、どうせ取材で行かなきゃいけない。でも友達の死を弄るような仕事をしている姿を、知り合いに見られたくはなかった。


それからモボの遺族や、数年前まで俺自身も過ごしていた街の住人に取材を重ねる日々がはじまった。

これまで先輩記者の取材の補助しかしたことのなかった俺は、歳も同じでおっさんたちよりも死者の気持ちが分かるだろう、という理由からほとんどひとりでこの件を任されることになった。喫煙所で「お前、この件の担当にするからな」と言ったキャップに「はい」なんて返事しなきゃよかった、そう思いながら、俺はモボが生きていたときに関わった周辺人物の取材に明け暮れた。

モボの母親にマイクを向けながら、

「いまのお気持ちはいかがですか？」

と言って、俺は情けなくなった。気持ちなんて聞かなくても分かってる。でも、モボの遺族はこう思っていると推測される、なんて報道はできない。できないけど、だったら俺のいまの行為にどんな意味があるってんだ。何でもかんでも世間に発信すればいいのかよ。しかしそんな葛藤《かっとう》も、睡眠時間が少なくなるにつれてなくなっていった。俺って人間は、呆れるぐらい都合よく出来ていた。

そんなとき行方が分からなくなっていたモボのスマホが、自販機のゴミ箱から発見された。もう仕事が嫌になった、このまま生きていてもしょうがない、という内容のメモ履歴が見つかったことで、一気にこのニュースは世の中に広がった。数日後、モボの母親は緊急記者会見を開いて、息子の死は会社のせいだ、と訴えた。会見の模様を原稿に起こし、キャップに送って会場を出ると菜穂から留守電が入っていた。

「忙しいと思うんだけど、今日会えない？」

正直、そのまま帰って眠りたかった。もう三日もろくに寝ていない。けど、菜穂とは一ヵ月近く会っていなかった。そろそろ会わないとまずいよな。そう思いながら、何となく電話をかけ直すのも面倒臭くて、

【いまからなら行ける。銀座にいる】

とLINEを送ると、すぐ返信がきた。

【わかった。場所どこにする？】

【菜穂はいまどこ？】

【渋谷のマルイぶらぶらしてる】

【じゃあ、いまから行くね】

【わかった！】

地下鉄に揺られながら、何時に帰ろうかと俺はそのことばかり考えていた。その日は結局、一時間ちょっとカフェでコーヒーを飲んだだけで、俺らは別れた。カフェで俺は、ほとんど仕事の愚痴しか喋ってなかったと思う。

この頃から、俺と菜穂がふたりで写っている写真はほとんどない。

どんなにスクロールしてみても、菜穂が送ってきた実家で飼っている猫と写っている写真とか、菜穂と友達がUSJに遊びに行ったときの写真ばかりで、彼女のとなりに俺はいない。

　突然、菜穂が一緒に住みたいと言いはじめた。

「そうすればいつでも会えるよ」

　電話越しで笑う菜穂に、俺は何て答えれば良いのか分からない。

「そうだね。仕事落ち着いたら、考えてみる」

　そう言うと、

「いつ落ち着くの？」

と菜穂のくぐもった声がした。そんなの、俺に聞かれても分からない。どうせこの件が片づいたって、また次の事件の取材がはじまるだけだ。

「俺だって、やりたくてやってんじゃないんだよ」

「そうだよね。でもユウちゃんが本当にわたしといたかったら、別に仕事大変でも一緒に住めると思うけどな」

　なんてごめん冗談だよ、おやすみ。そう言って菜穂は電話を切った。菜穂は正しいことを言っている。でもその正しさが、俺にはだんだん重くなっていた。

裁判所は異例の早さで、モボは過労による自殺であるという判決を出した。それを境に世間の関心は下火になっていった。たまに突発の取材があっても、なんとか週に一度は休めるようになった。会おうと思えば会えるくせに、俺は別の約束を入れて、菜穂には仕事が忙しくて会えないと言った。そういう嘘を重ねれば重ねるほど、菜穂と会うのが億劫になっていった。

夜中に目を覚ますと、久しぶりに泊まりにきた菜穂が声も出さずに泣いていた。本当はもっと、俺に言いたいことがあるだろう。本当は海外旅行とか行きたいだろうし、本当は愚痴も不満もいっぱいあるはずだ。でも菜穂は、一度もそんなことを言わない。違う、俺が聞こうとしてないだけだ。言わせないようにしてるだけだ。

そのときだって、俺は菜穂が泣いている間、ずっと寝たふりをしていた。せっかく時間つくって会ってるんだから、泣くなよ。俺だって遊んでるわけじゃないんだからさぁ。まぶたを閉じて、たまに菜穂が洟《はな》をすするのを聞きながら、そんなことを考えてしまう自分が嫌になっていく。

そうしてまた酒を飲み、俺はまた自分を誤魔化してばかりだ。

もう約束の時間に三十分も遅刻していた。先に店で待っているはずの友人に、

【あと十分でつく、ごめん！】

とLINEを送った。本当はあと二十分くらいかかりそうだった。まあいいだろ。仕事辞めたとか言ってたから、どうせ暇だよな。

【ユウちゃんはどうしたい？】

昨日の夜、菜穂から届いたLINEを、電車のつり革につかまりながら眺める。

【どうしたいって、菜穂はどうしたいんだよ】

そう打った俺のメッセージのとなりに【既読】という文字がついたまま、菜穂からの返信はなかった。

店の引き戸を開けると、そいつはタバコを吸っていた。灰皿にたまった吸い殻の山がふと目に入って、俺はわざと能天気に、

「悪い、取材長引いちゃってさ」

と言って生ビールを注文した。店員からもらったおしぼりで、

「ぶはーっ」

と大げさに顔を拭ってやっと、そいつが俺を待って注文をしてなかったことに気付いた。すまん、と言うと、そいつはハイボールを頼んだ。何だよ、暗いなー。せっかくなんだし明るく行こうぜ。

「かんぱーい！」

「やべー、うめー！」そう言いながら一杯目をさっさと飲み干して、俺はおかわりを頼んだ。

「ほんと、うまそうに飲むね」

「や、ほんとにうめえからさ」

そう言うしか、ないじゃん。ビールだって、この店名物のポテトフライだって、俺の人生だって、「うまい」「楽しい」と自分で言わなきゃどうしようもないじゃんか。

【ユウちゃんはどうしたい？】なんて、どうしたいもこうしたいも、ないじゃんか。

「仕事の方は最近どうなの」

急にそう言われて、俺は何も答えられなかった。結局、俺は何をしてたんだろう。モボの交友関係も、勤務時間も、行動範囲だって、それこそ溝をさらうようにして調べた。いろんなひとから話も聞いた。それでも、モボが何を考えてたのかなんて分からなくて、分かりようもなくて、だから俺はがむしゃらに仕事としてこなした。そうして菜穂とうまくいってないことを、仕事のせいにしている。モボのせいにしている。菜穂と会えないことも、菜穂が泣いていることも。

小さい頃に想像してた大人って、こんな感じじゃなかったのにな。仕事も恋愛も、流されるままに何となくこなして、他人のせいにして、酒飲んで、酔っ払って。みんなもこんな感じなのかな、これからも俺は、こんな感じなのかな。

そいつからモボの葬式で起きたという、修羅場の話を聞きながら俺は、

「こんな悲劇は繰り返してほしくないんです。過剰な労働は命の搾取です、人生の搾取です。そんなに働くことは偉いんでしょうか、この国は、息子を殺したあの会社は、狂ってるんです」

そう毅然と言うモボの母親を思い出していた。うちを含めてどこも報じてなかったけど、モボの母親は袖に下がったあと泣いていた。あのときの声が頭に蘇ってきそうで、俺は「ぎゃははは」と笑った。可笑しくもなんともないのに。あ、また俺って、誤魔化そうとしてる？　今日だって本当は、菜穂とのことを考えたくなくて、誰も女が捕まんなかったから、何となく暇そうなこいつを誘ってみただけだ。そのくせ、さっきから菜穂のことばかりが浮かんできて、その分またビールをおかわりしている。

仕事を辞めた自分のことを「逃げただけだよ」と言ったこいつは、俺なんかよりよ

っぽど大事なものと向き合ってるのかも知れない。向き合ったのかも知れない。会社を辞めたと聞いて、俺はどこかでこいつのことを馬鹿にしてたんだと思う。でもいまの俺に会社を辞める勇気あるのかな。会社の肩書きがなくなったら、一体何が残ってるんだろう。菜穂？　こんなときばっか菜穂にすがるのは、さすがにずるいよな。

「逃げれるってのが、強いってことさ」

やっと、それだけ言った。少なくともこいつは逃げることを、決めたんだ。菜穂とのことに、いつまでもうやむやにして結論を出さない俺と違って。

「仕事辞めて、何か変わった？」

俺が尋ねると、そいつは少し間を置いて、

「モボのことをよく思い出すようになった」

と言った。

「モボって死ぬ前何考えてたんだろうとか、彼女いたのかな、いたらもう次の彼氏できたのかな、とか、そんなん、考える。生きてたとき全然仲よくもなかったのに、変だよね。てか、ずるいよね。生きてたときのモボのことなんて、ほとんど俺は知らないのにさ」

ああ、そういうことか。やっと、分かったような気がした。

「相手が死んでから距離が縮まるってことも、あると思う」

そしてこいつとモボとは反対に、俺と菜穂の距離は一緒にいればいるほど、遠のいていく。たぶんそういうことだ。


「決めた？」

という菜穂の声で目が覚めた。

昨日の夜、寝る前に菜穂はうつむいてばかりいる俺を見て、

「ユウちゃん、何か迷ってる？」

と言った。

「うん」

そう言って黙ると、

「あした、答え聞かせてね」

菜穂は俺の頭をやさしく撫でながら、

「今日は寝よ」

と言った。電気を消すと、菜穂の静かな寝息が聞こえてきた。なかなか寝付けなか

った俺も、いつの間にかスマホを持ったまま寝てたみたいだ。

「決めたよ」

俺はそう言って体を起こした。菜穂は黙って俺を見つめている。決めた、決めた、決めた。三回呟くと、

「そんなに決めたの？」

と菜穂が首を傾《かし》げた。うん、そう。決めた。俺、決めたんだよ、菜穂。

「別れる」

「だと思った」

菜穂はそう言って笑った。あきらかに、無理をして笑っていた。

「ユウちゃん、分かりやすいからなー」

と言って菜穂が肩を小突いてくる。ああ、もうこの人と、こんなに優しい人と会うことはないんだな。そう思うと、頬に温かいものが伝った。

「うわ、ユウちゃんが泣くのはずるい」

そうだよね、ずるいよね。俺って、いっつもずるかったよね。分かってる、分かってるんだけど、涙が止まらない。

「よしっ」

と言って菜穂はベッドを降りると、ソファに置いていたバッグから大きなビニール袋を取り出した。

「え、何すんの?」

「捨てるの」

江ノ島で買ったイルカのぬいぐるみも、ビッグサンダー・マウンテンで撮った写真も、金沢城の模型も、いま着てるパジャマも。

「全部?」

「そうだよ、全部だよ」

ユウちゃん、別れるってそういうことだよ。そうだね、別れるって、こういうことだよね。ふたりの思い出を詰め終わって、菜穂はビニール袋の口を器用にしばった。

「ユウちゃんはもったいないことしたなあ」

そのまま会社に向かうために化粧を終えた菜穂が、まだベッドのヘッドボードにもたれたまま、ぼーっとしている俺を見つめて言った。

「わたしみたいにいい子、なかなかいないのに」

うん。

「銀行で働いてるから、お金のこともちゃんとしてるよ」

うん、知ってる。

「料理も上手だよ、デザートだってつくってくれるよ」

そうだね。菜穂がつくってくれたショートケーキ、好きだったな。

「子どものお世話も得意だよ、いい奥さんになるよ」

菜穂、代々木公園で遊んでる子どもたち眺めるの好きだったもんね。

「でもね、ユウちゃんはわたしと別れるの」

おーわった。菜穂はそう言うと、振り返りもせずに家を出て行った。


それから二年後、菜穂は銀行の同僚と結婚して子どもができた。双子らしい。菜穂と、生まれて間もないふたりの赤ちゃんが昼寝をしている写真を、この前インスタで見かけた。

俺は俺で、やっと報道から脱出を果たし、念願叶ってドラマ制作センターに配属された。いまはプロデューサーとして、次クールの連ドラのキャスティングに悩まされながら、スタイリストの可愛らしい彼女と付き合っている。

ここのところまた、二週間に一度くらいのペースで『とんでもない青』に顔を出すようになった。誕生日パーティーで見たモガの新しい彼氏は、思ったより誠実そうでモガのくせにいい男捕まえたな、と思った。べろべろで何を話したかは覚えてないけど。

そういえば先週、店にモガの妹が遊びに来ていた。カウンターの中でちょこまか手伝いをするその子を見て、

「妹、お前と全然似てねーじゃん」

そう耳打ちすると、

「大学生になったらお金貯めて整形するらしいよ」

と言って、モガは何だか嬉しそうに笑った。

大体、そんな感じ。何だかんだでそれなりに楽しい毎日を過ごしてるけど、それは他のひととの幸せであって、俺と菜穂、ふたりの幸せではない。

# 解説

清水康彦
（映画「スクロール」監督・脚本・編集）

出会った当時の橋爪駿輝さんはテレビ局のプロデューサーを名乗っており、深夜ドラマを製作するにあたって、橋爪さんを紹介された。局員であるとともに、小説を書き、メジャーミュージシャンの曲の作詞をしたり、映像監督をしたりと、とても多才な人。様々な角度から多角的に物事を考えており、次々と活躍の場を広げていく橋爪さんの仕事っぷりは、現代の作家特有のものと言える。

橋爪さんから「僕の小説を原作にして映画を作りませんか」と誘いを受け、深夜ドラマを楽しくやれていた最中だったので二つ返事。ついには橋爪原作初の映画化。そしてその作品を全うした監督として解説を書くに至った。映画の内容は、私が本作を読んだ感想を小説に混ぜ込んだものになっており、原作を別の視点で切り取ったものになっている。映画を観た上で改めてこの作品と向き合っていただくと、さらに面白く読めるかもしれない。今回の解説では、自分が映画化する上で原作をどう読んだのかを書くことにする。

本作で特に好きな描写を取り上げるなら、自殺したモボの学生時代である。モボのリアルな生活の中で、ハルのみがどこかアニメや漫画のキャラを彷彿《ほうふつ》させるが、このあえて偶像として描いたところに橋爪さんのアイデアがある。

モボは学生時代から社会の抑圧に苦しんでおり、学校に行かず親名義で借りたアパートに独りでこもり、コンビニ飯を食べながらネットばかりやって、動画をみてゲームをしてアイドルにハマる。社会から離れた彼の生活を阻むものは何もない。ささやかな欲望で満たされた美しき生活の始まりである。そこに都合よく女子高生のハルがやってくる。好きだったアイドルに似ている。モボはハルに心を許し、彼女と生活を共有することで自己肯定を始める。しかしハルに欲望をぶつける機会を得ぬまま、モボは彼女を見失う。その後社会に出て、美しき生活を見失う。街で遠くにハルを見かけ、別の男と付き合うハルを軽蔑、幻滅し、自殺する。ハルを生きる意思の象徴、偶像であると思わせる描写が美しい。ハルを美しいと思う心の正体は、彼が自覚し得ない、共に過ごした自分の美しさそのものである。しかしそれを否定し自殺した。

モボは、自分より恋愛経験が豊富な年下の女性に対し、貞操観念という正義を振りかざす。これが醜くもかっこいい。この自尊心こそがモボが生きていた証《あかし》である。のちの自殺を考えるとなおさら尊く思えてくる。女子高生にしかも他人の彼女に手を出してはいけない、処女じゃない女性に自分の童貞は渡せない。彼女と過ごす粗末な自分を、社会人であるもうひとりの彼が許さなかったのだろう。ハルと向き合わない理由を、全て社会のせいにしているのだ。彼を自殺に追い込んだものとは、抑圧する社会だけでなく、彼自身のプライドも要因の一つにあったと感じる。彼は決して社会に殺されたのではなく、あくまでも自分で死んでいったのだから。

最後にタイトル「スクロール」が意味するところに触れようと思う。二十代前半という若き時代をさらりとした書き味で仕上げた橋爪さんのデビュー作。生活の中で起こる様々な現象。それらが持つ様々な記憶と、都合よいタイミングと度合いで向き合っていくことで、自分が見えてくる。人生が作られていく。スマホにあるデータをスクロールさせる者は、その者自身の人生と向き合っているのだ。これこそがスクロールの概念であり、規範的な死生観や宇宙物理を超えた、本作なりの独創的な部分である。

そしてその概念はスマホを扱う行為と生きる証明の親和性を証明するにとどまら

ず、登場人物から別の人物へ、現在・過去・未来と、時空を超えてスクロールして描くという、本作特有の作風につながった。それによって一つのことで伝えるのではない大いなる普遍を伝えるに至ったのだと思う。

移りゆく時代の中でもがく若者たち。彼ら全てに正しさがある。橋爪さんが描くのは、今までモチーフになり得なかった、その辺にいる手のかかる若者であり、この作品はそんな若い彼らを讃《たた》える人生讃歌なのだと思う。自身の正当化だけではなく、許しを請うているようにも読める。これから社会に出ていく人にとってはめくるめく冒険記として読めるのかもしれないが、一方で四十代の私にとっては、私自身の手のかかる若かった頃をしみじみと思い出させ、その頃から今まで、必死に生き続けてきたことを自覚させてくれる。読む年齢によって、その時の気分によって受け取るものが変わる作品。だからこそ読み終えた読者は、ネットで売ったりしてしまうのではなくこの本を本棚にしまって、数年後また向き合ってみてはいかがだろうか。読み終えたあとで向き合える本もあると思う。この本が、読んだ頃の読者の大切な思いを記憶しているのだから。

本書は二〇一七年十月に小社より単行本として刊行されました。

|著者| 橋爪駿輝　1991年熊本県生まれ。横浜国立大学卒業。小説の執筆は高校生の頃から始め、本作で小説家デビュー。YOASOBIの大ヒット曲「ハルジオン」の原作者としても話題に。映像作家としても活動し、Amazon Original連続ドラマ『モアザンワーズ／More Than Words』（Amazon Prime Videoにて配信中）では監督を務める。近著に『この痛みに名前をつけてよ』（講談社）、『さよならですべて歌える』（集英社文庫）。「週刊SPA!」にて『だから愛《かな》しみに溺れる』を連載中。

スクロール

橋爪駿輝《はしづめしゅんき》



講談社文庫
定価はカバーに
表示してあります

2022年12月15日第1刷発行

KODANSHA

発行者——鈴木章一
発行所——株式会社　講談社
東京都文京区音羽2-12-21　〒112-8001
電話　出版　(03)　5395-3510
　　　販売　(03)　5395-5817
　　　業務　(03)　5395-3615

Printed in Japan

デザイン—菊地信義
本文データ制作—講談社デジタル製作
印刷———株式会社KPSプロダクツ
製本———株式会社国宝社



ISBN978-4-06-530203-3

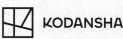

# 講談社文庫刊行の辞

二十一世紀の到来を目睫に望みながら、われわれはいま、人類史上かつて例を見ない巨大な転換期をむかえようとしている。

世界も、日本も、激動の予兆に対する期待とおののきを内に蔵して、未知の時代に歩み入ろうとしている。このときにあたり、創業の人野間清治の「ナショナル・エデュケイター」への志を現代に甦らせようと意図して、われわれはここに古今の文芸作品はいうまでもなく、ひろく人文・社会・自然の諸科学から東西の名著を網羅する、新しい綜合文庫の発刊を決意した。

激動の転換期はまた断絶の時代である。われわれは戦後二十五年間の出版文化のありかたへの深い反省をこめて、この断絶の時代にあえて人間的な持続を求めようとする。いたずらに浮薄な商業主義のあだ花を追い求めることなく、長期にわたって良書に生命をあたえようとつとめるところにしか、今後の出版文化の真の繁栄はあり得ないと信じるからである。

同時にわれわれはこの綜合文庫の刊行を通じて、人文・社会・自然の諸科学が、結局人間の学にほかならないことを立証しようと願っている。かつて知識とは、「汝自身を知る」ことにつきていた。現代社会の瑣末な情報の氾濫のなかから、力強い知識の源泉を掘り起し、技術文明のただなかに、生きた人間の姿を復活させること。それこそわれわれの切なる希求である。

われわれは権威に盲従せず、俗流に媚びることなく、渾然一体となって日本の「草の根」をかたちづくる若く新しい世代の人々に、心をこめてこの新しい綜合文庫をおくり届けたい。それは知識の泉であるとともに感受性のふるさとであり、もっとも有機的に組織され、社会に開かれた万人のための大学をめざしている。大方の支援と協力を衷心より切望してやまない。

一九七一年七月

野間省一

# 講談社文庫　目録

芥川龍之介　藪の中
有吉佐和子　新装版 和宮様御留
阿刀田　高　新装版 ブラック・ジョーク大全
阿刀田　高　ナポレオン狂
安房直子　春の窓〈安房直子ファンタジー〉
相沢忠洋　「岩宿」の発見〈幻の旧石器を求めて〉
赤川次郎　偶像崇拝殺人事件
赤川次郎　人間消失殺人事件
赤川次郎　三姉妹探偵団
赤川次郎　三姉妹探偵団2〈キャンパス篇〉
赤川次郎　三姉妹探偵団3〈珠美・初恋篇〉
赤川次郎　三姉妹探偵団4〈怪奇篇〉
赤川次郎　三姉妹探偵団5〈復讐篇〉
赤川次郎　三姉妹探偵団6〈危機一髪篇〉
赤川次郎　三姉妹探偵団7〈駈け落ち篇〉
赤川次郎　三姉妹探偵団8〈人質篇〉
赤川次郎　三姉妹探偵団9〈青ひげ篇〉
赤川次郎　三姉妹探偵団10〈父恋し篇〉
赤川次郎　死が小径をやってくる〈三姉妹探偵団11〉

赤川次郎　死神のお気に入り〈三姉妹探偵団12〉
赤川次郎　次女と野獣〈三姉妹探偵団13〉
赤川次郎　心地よい悪夢〈三姉妹探偵団14〉
赤川次郎　ふるえて眠れ、三姉妹〈三姉妹探偵団15〉
赤川次郎　三姉妹、呪いの道行〈三姉妹探偵団16〉
赤川次郎　三姉妹、初めてのおつかい〈三姉妹探偵団17〉
赤川次郎　恋の花咲く三姉妹〈三姉妹探偵団18〉
赤川次郎　月もおぼろに三姉妹〈三姉妹探偵団19〉
赤川次郎　三姉妹、ふしぎな旅日記〈三姉妹探偵団20〉
赤川次郎　三姉妹、清く貧しく美しく〈三姉妹探偵団21〉
赤川次郎　三姉妹と忘れじの面影〈三姉妹探偵団22〉
赤川次郎　三姉妹、舞踏会への招待〈三姉妹探偵団23〉
赤川次郎　三人姉妹殺人事件〈三姉妹探偵団24〉
赤川次郎　三姉妹、さびしい入江の歌〈三姉妹探偵団25〉
赤川次郎　三姉妹、恋と罪の峡谷〈三姉妹探偵団26〉
赤川次郎　静かな町の夕暮に
赤川次郎　キネマの天使〈レンズの奥の殺人者〉
新井素子　グリーン・レクイエム〈新装版〉
安能　務 訳　封神演義 全三冊

安西水丸　東京美女散歩
綾辻行人　殺人方程式〈切断された死体の問題〉
綾辻行人　鳴風荘事件 殺人方程式II
綾辻行人　十角館の殺人〈新装改訂版〉
綾辻行人　水車館の殺人〈新装改訂版〉
綾辻行人　迷路館の殺人〈新装改訂版〉
綾辻行人　人形館の殺人〈新装改訂版〉
綾辻行人　時計館の殺人〈新装改訂版〉
綾辻行人　黒猫館の殺人〈新装改訂版〉
綾辻行人　暗黒館の殺人 全四冊
綾辻行人　びっくり館の殺人
綾辻行人　奇面館の殺人(上)(下)
綾辻行人　どんどん橋、落ちた〈新装改訂版〉
綾辻行人　緋色の囁き〈新装改訂版〉
綾辻行人　暗闇の囁き〈新装改訂版〉
綾辻行人　黄昏の囁き〈新装改訂版〉
綾辻行人　人間じゃない〈完全版〉
綾辻行人ほか　7人の名探偵
我孫子武丸　探偵映画

我孫子武丸　新装版8の殺人
我孫子武丸　眠り姫とバンパイア
我孫子武丸　狼と兎のゲーム
我孫子武丸　新装版殺戮にいたる病
有栖川有栖　ロシア紅茶の謎
有栖川有栖　スウェーデン館の謎
有栖川有栖　ブラジル蝶の謎
有栖川有栖　英国庭園の謎
有栖川有栖　ペルシャ猫の謎
有栖川有栖　幻想運河
有栖川有栖　マレー鉄道の謎
有栖川有栖　スイス時計の謎
有栖川有栖　モロッコ水晶の謎
有栖川有栖　インド倶楽部の謎
有栖川有栖　カナダ金貨の謎
有栖川有栖　新装版マジックミラー
有栖川有栖　新装版46番目の密室
有栖川有栖　虹果て村の秘密
有栖川有栖　闇の喇《らっ》叭《ぱ》

有栖川有栖　真夜中の探偵
有栖川有栖　論理爆弾
有栖川有栖　名探偵傑作短篇集　火村英生篇
浅田次郎　勇気凜凜ルリの色
浅田次郎　霞町物語
浅田次郎　ひとは情熱がなければ生きていけない〈勇気凜凜ルリの色〉
浅田次郎　シェエラザード(上)(下)
浅田次郎　歩兵の本領
浅田次郎　蒼穹の昴　全四巻
浅田次郎　珍妃の井戸
浅田次郎　中原の虹　全四巻
浅田次郎　マンチュリアン・リポート
浅田次郎　天子《てんし》蒙塵《もうじん》　全四巻
浅田次郎　天国までの百マイル
浅田次郎　地下鉄《メトロ》に乗って〈新装版〉
浅田次郎　おもかげ
浅田次郎　日輪の遺産〈新装版〉
青木玉　小石川の家
天樹征丸　画・さとうふみや　金田一少年の事件簿　小説版〈オペラ座館・新たなる殺人〉

天樹征丸　画・さとうふみや　金田一少年の事件簿　小説版〈雷祭《いかずちまつり》殺人事件〉
阿部和重　アメリカの夜
阿部和重　グランド・フィナーレ
阿部和重　A　B　C〈阿部和重初期作品集〉
阿部和重　ミステリアスセッティング
阿部和重　IP/NN　阿部和重傑作集
阿部和重　シンセミア(上)(下)
阿部和重　ピストルズ(上)(下)
甘糟りり子　産む、産まない、産めない
甘糟りり子　産まなくても、産めなくても
赤井三尋　翳《かげ》りゆく夏
あさのあつこ　NO.6〔ナンバーシックス〕#1
あさのあつこ　NO.6〔ナンバーシックス〕#2
あさのあつこ　NO.6〔ナンバーシックス〕#3
あさのあつこ　NO.6〔ナンバーシックス〕#4
あさのあつこ　NO.6〔ナンバーシックス〕#5
あさのあつこ　NO.6〔ナンバーシックス〕#6
あさのあつこ　NO.6〔ナンバーシックス〕#7
あさのあつこ　NO.6〔ナンバーシックス〕#8

あさのあつこ NO.6〔ナンバーシックス〕#9
あさのあつこ NO.6beyond〔ナンバーシックス・ビヨンド〕
あさのあつこ 待　っ　て　る〈橘屋草子〉
あさのあつこ さいとう市立さいとう高校野球部(上)(下)
あさのあつこ 甲子園でエースしちゃいました〈さいとう市立さいとう高校野球部〉
あさのあつこ お　れ　が　先　輩？〈さいとう市立さいとう高校野球部〉
阿部夏丸 泣けない魚たち
朝倉かすみ 肝、焼　け　る
朝倉かすみ 好かれようとしない
朝倉かすみ ともしびマーケット
朝倉かすみ 感　応　連　鎖
朝倉かすみ たそがれどきに見つけたもの
朝比奈あすか 憂鬱なハスビーン
朝比奈あすか あの子が欲しい
天野作市 気　高　き　昼　寝
天野作市 みんなの旅行
青柳碧人 浜村渚の計算ノート
青柳碧人 浜村渚の計算ノート 2さつめ〈ふしぎの国の期末テスト〉
青柳碧人 浜村渚の計算ノート 3さつめ〈水色コンパスと恋する幾何学〉
青柳碧人 浜村渚の計算ノート 3と1/2さつめ〈ふえるま島の最終定理〉
青柳碧人 浜村渚の計算ノート 4さつめ〈方程式は歌声に乗って〉
青柳碧人 浜村渚の計算ノート 5さつめ〈鳴くよウグイス、平面上〉
青柳碧人 浜村渚の計算ノート 6さつめ〈パピルスよ、永遠に〉
青柳碧人 浜村渚の計算ノート 7さつめ〈悪魔とポタージュスープ〉
青柳碧人 浜村渚の計算ノート 8さつめ〈虚数じかけの夏みかん〉
青柳碧人 浜村渚の計算ノート 8と2分の1さつめ〈つるかめ家の一族〉
青柳碧人 浜村渚の計算ノート 9さつめ〈恋人たちの必勝法《マーチンゲール》〉
青柳碧人 霊視刑事夕雨子《ゆうこ》1〈誰かがそこにいる〉
青柳碧人 霊視刑事夕雨子2〈雨空の鎮魂歌《レクイエム》〉
朝井まかて 花《はな》　競《くら》　べ〈向嶋なずな屋繁盛記〉
朝井まかて ちゃんちゃら
朝井まかて す　か　た　ん
朝井まかて ぬ　け　ま　い　る
朝井まかて 恋　　　歌
朝井まかて 阿《お》蘭《らん》陀《だ》西《さい》鶴《かく》
朝井まかて 藪《やぶ》医《い》 ふらここ堂
朝井まかて 福　　　袋
朝井まかて 草　々　不　一
歩《あゆみ》りえこ ブラを捨て旅に出よう〈貧乏乙女の"世界一周"旅行記〉
安藤祐介 営業零《ぜろ》課《か》接待班
安藤祐介 被取締役《とりしまられやく》新入社員〈大翔製菓広報宣伝部〉
安藤祐介 お　い！　山　田
安藤祐介 宝くじが当たったら
安藤祐介 一〇〇〇ヘクトパスカル
安藤祐介 テノヒラ幕府株式会社
安藤祐介 本のエンドロール
青木理 絞　首　刑
麻見和史 石　の　繭〈警視庁殺人分析班〉
麻見和史 蟻《あり》の階段〈警視庁殺人分析班〉
麻見和史 水晶の鼓動〈警視庁殺人分析班〉
麻見和史 虚　空　の　糸〈警視庁殺人分析班〉
麻見和史 聖者の凶数〈警視庁殺人分析班〉
麻見和史 女神の骨格〈警視庁殺人分析班〉
麻見和史 蝶　の　力　学〈警視庁殺人分析班〉
麻見和史 雨色の仔羊〈警視庁殺人分析班〉
麻見和史 奈落の偶像〈警視庁殺人分析班〉
麻見和史 鷹《たか》の砦《とりで》〈警視庁殺人分析班〉

麻見和史 凪《なぎ》の残響〈警視庁殺人分析班〉
麻見和史 天空の鏡〈警視庁殺人分析班〉
麻見和史 深紅の断片〈警防課救命チーム〉
麻見和史 邪神の天秤〈警視庁公安分析班〉
麻見和史 偽神の審判〈警視庁公安分析班〉
有川浩 三匹のおっさん
有川浩 三匹のおっさん ふたたび
有川浩 ヒア・カムズ・ザ・サン
有川浩 旅猫リポート
有川ひろ アンマーとぼくら
有川ひろほか ニャンニャンにゃんそろじー
荒崎一海 門前仲町〈九頭竜覚山 浮世綴(一)〉
荒崎一海 蓬莱橋雨景〈九頭竜覚山 浮世綴(二)〉
荒崎一海 寺町哀感〈九頭竜覚山 浮世綴(三)〉
荒崎一海 小《お》名《な》木《き》川《がわ》〈九頭竜覚山 浮世綴(四)〉
荒崎一海 一色町雪花〈九頭竜覚山 浮世綴(五)〉
朱野帰《かえる》子《こ》 駅物語
朱野帰子 対岸の家事
東浩紀 一般意志2・0〈ルソー、フロイト、グーグル〉

朝倉宏景 白球アフロ
朝倉宏景 野球部ひとり
朝倉宏景 つよく結べ、ポニーテール
朝倉宏景 あめつちのうた
朝井リョウ スペードの3
朝井リョウ 世にも奇妙な君物語
有沢ゆう希 末次由紀 原作 〈小説〉ちはやふる 上の句
有沢ゆう希 末次由紀 原作 〈小説〉ちはやふる 下の句
有沢ゆう希 末次由紀 原作 〈小説〉ちはやふる 結び
有沢ゆう希 小説 パーフェクトワールド〈君といる奇跡〉
有沢ゆう希 原作:金田一蓮十郎 脚本:徳永友一 小説 ライアー×ライアー
秋川滝美 幸《こう》腹《ふく》な百貨店
秋川滝美 幸腹な百貨店〈デパ地下おにぎり騒動〉
秋川滝美 幸腹な百貨店〈催事場で蕎麦屋呑み〉
秋川滝美 マチのお気楽料理教室
秋川滝美 ヒソップ亭〈湯けむり食事処〉
赤神諒 神遊の城
赤神諒 大友二階崩れ
赤神諒 大友落月記

赤神諒 酔象の流儀 朝倉盛衰記
赤神諒 空《うつせ》貝《がい》〈村上水軍の神姫《じんき》〉
赤神諒 立花三将伝
彩瀬まる やがて海へと届く
浅生鴨 伴走者
天野純希 有楽斎の戦
天野純希 雑賀《さいか》のいくさ姫《ひめ》
青木祐子 コーチ!〈はげまし屋・立花ことりのクライアントファイル〉
秋保《あきう》水菓《すいか》 コンビニなしでは生きられない
相沢沙呼 medium《メディウム》 霊媒探偵城塚翡翠《じょうづかひすい》
新井見枝香 本屋の新井
碧野圭 凛として弓を引く
赤松利市 東京棄民
五木寛之 ソフィアの秋
五木寛之 狼のブルース
五木寛之 海峡物語
五木寛之 風花のひと
五木寛之 鳥の歌(上)(下)
五木寛之 燃える秋

五木寛之　真夜中の望遠鏡〈流されゆく日々'78〉
五木寛之　ナホトカ青春航路〈流されゆく日々'79〉
五木寛之　旅の幻燈
五木寛之　他力
五木寛之　こころの天気図
五木寛之　新装版 恋歌
五木寛之　百寺巡礼 第一巻 奈良
五木寛之　百寺巡礼 第二巻 北陸
五木寛之　百寺巡礼 第三巻 京都Ⅰ
五木寛之　百寺巡礼 第四巻 滋賀・東海
五木寛之　百寺巡礼 第五巻 関東・信州
五木寛之　百寺巡礼 第六巻 関西
五木寛之　百寺巡礼 第七巻 東北
五木寛之　百寺巡礼 第八巻 山陰・山陽
五木寛之　百寺巡礼 第九巻 京都Ⅱ
五木寛之　百寺巡礼 第十巻 四国・九州
五木寛之　海外版 百寺巡礼 インド1
五木寛之　海外版 百寺巡礼 インド2
五木寛之　海外版 百寺巡礼 朝鮮半島
五木寛之　海外版 百寺巡礼 中国
五木寛之　海外版 百寺巡礼 ブータン
五木寛之　海外版 百寺巡礼 日本・アメリカ
五木寛之　青春の門 第七部 挑戦篇
五木寛之　青春の門 第八部 風雲篇
五木寛之　青春の門 第九部 漂流篇
五木寛之　親鸞 青春篇(上)(下)
五木寛之　親鸞 激動篇(上)(下)
五木寛之　親鸞 完結篇(上)(下)
五木寛之　五木寛之の金沢さんぽ
五木寛之　海を見ていたジョニー 新装版
井上ひさし　モッキンポット師の後始末
井上ひさし　ナイン
井上ひさし　四千万歩の男 全五冊
井上ひさし　四千万歩の男 忠敬の生き方
井上ひさし・司馬遼太郎　新装版 国家・宗教・日本人
池波正太郎　私の歳月
池波正太郎　よい匂いのする一夜
池波正太郎　梅安料理ごよみ
池波正太郎　わが家の夕めし
池波正太郎　新装版 緑のオリンピア
池波正太郎　新装版 殺しの四人〈仕掛人・藤枝梅安(一)〉
池波正太郎　新装版 梅安蟻地獄〈仕掛人・藤枝梅安(二)〉
池波正太郎　新装版 梅安最合傘〈仕掛人・藤枝梅安(三)〉
池波正太郎　新装版 梅安針供養〈仕掛人・藤枝梅安(四)〉
池波正太郎　新装版 梅安乱れ雲〈仕掛人・藤枝梅安(五)〉
池波正太郎　新装版 梅安影法師〈仕掛人・藤枝梅安(六)〉
池波正太郎　新装版 梅安冬時雨〈仕掛人・藤枝梅安(七)〉
池波正太郎　新装版 忍びの女(上)(下)
池波正太郎　新装版 殺しの掟
池波正太郎　新装版 抜討ち半九郎
池波正太郎　新装版 娼婦の眼
池波正太郎　近藤勇白書〈レジェンド歴史時代小説〉(上)(下)
井上靖　楊貴妃伝
石牟礼道子　新装版 苦《く》海《がい》浄《じょう》土《ど》〈わが水俣病〉
いわさきちひろ　ちひろのことば
いわさきちひろ・松本猛　いわさきちひろの絵と心
いわさきちひろ絵本美術館編　ちひろ・子どもの情景〈文庫ギャラリー〉

2022年9月15日現在